在你眼裡 我看見的 永遠

Sunry——著

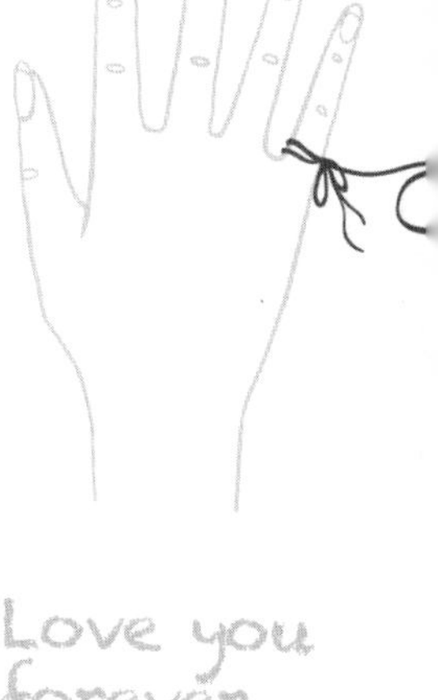

最美的承諾，不是「我愛你」，

而是「我會永遠愛著你」。

駱以茜站在這棟嶄新的商業大樓外，瞇著眼，仰起頭。大樓外那一大片明亮潔淨的玻璃帷幕，折射出亮晃晃的刺眼陽光，閃得她的眼睛幾乎睜不開。但那明亮的光芒，卻怎麼樣也不能讓她的心情開朗起來。

就在一個月前，她被養了她二十六個年頭的父親，從南部硬生生地叫回台北，從此結束自由自在又無法無天的單身貴族生活……

現在的她，除了要跟父母同住在一層不到三十坪的公寓裡，生活沒有任何隱私，還得天天承受他們時時刻刻噓寒問暖的壓迫式關懷，搞得她簡直快精神崩潰了。

雖然從小就跟爸媽住在一起，也沒有多不習慣那同住一個屋簷下的相處模式，但人就是一種慣性的動物，自從上了大學，她搬出去住了之後，才體悟到外面的世界有多寬廣遼闊，過慣了自由自在的日子，現在卻被命令搬回來跟老人家同住，天天聽家裡二老叨唸個不停，什麼芝麻綠豆的小事。都能拿出來碎唸……她除了忍耐、忍耐、再忍耐之外，也明白了為什麼朋友們總喜歡獨立生活的原因了。

回想起那些在高雄的快樂時光、回想起一個人無拘無束的爽快生活、回想起當她接到爸爸打來的那通召回電話，她當時只覺得青天霹靂，世界彷彿瞬間崩塌……

「幹嘛要回去？我在這裡過得很好啊，工作也很順利。雖然薪水少了點，但至少能養活自己沒問題。更何況南部的物價水準沒台北那麼高，我的薪水在這裡，足夠我吃吃喝喝、沒煩沒惱過一輩子了。」

她努力在電話裡試著對老爹「曉以大義」。

「駱以茜，妳老爸我花錢讓妳讀書，是希望妳將來能有點出息，有一份穩定的工作，而不是拿著一份養不活家人也餓不死自己的薪水，成天吃吃喝喝、沒煩沒惱地過一輩子。妳就這麼點出息啊？」

駱老爹的聲音本來就沉，此刻他的不開心完全表現在語氣上。聽上去，就像是電視劇裡陰曹地府裡，閻羅王在審犯人時那種莊嚴不可冒犯的語調，讓人不寒而慄。

駱以茜嚥了嚥口水，鎮定一下自己受到驚嚇的小心靈，腦袋裡飛快地閃過幾個裝傻拖賴的念頭，又瞬間把那些妄想直接拍死……駱老爹是何許人也，以她的雕蟲小技，肯定是唬不過他的。在老爹面前，實話實說才是保命之道。

「可是……可是我覺得我們公司真的很不錯啊！規模雖然小，但小而美嘛。而且它真的很有前景，老闆人也很好。我有時候在公司上網逛購物網站時，被他看到了，不僅沒罵我，還跟我一起討論衣服的款式跟顏色，或是三C產品的功能性跟實用性……這麼大器的老闆，我相信他的前途一定不可限量，跟著他，我的未來一定也會跟著不可限量，是不是啊，爸？」

深吸了一口氣，她又說：「而且，你媽……呃，也就是奶奶，她以前老是跟我說，做人眼光要放遠一點，不要因為現在不好就覺得未來一定也不會好，不能看人家現在沒有成就就鄙視對方……」

「妳上班逛購物網站，老闆會跟妳一起看？」駱老爹的聲音比剛才更壓低了。

「是……是……是啊……」聽見老爹寒得像冰一樣的語氣，駱以茜緊張的又吞了好幾口口水。

「上班時間跟妳一起逛購物網站的老闆，他的前途會不可限量？」駱老爹頓了頓，音量瞬間拔高，「騙鬼啊妳！臭ㄚ頭，妳明天馬上就去給我遞辭呈！最慢一個月，妳就得回到台北來，乖乖去我安排的地方上班，聽見沒？」

老爹的聲音一句比一句大聲，她膽戰心驚。

「可是，爸，我覺得……」駱以茜不敢忤逆老爸，但是她也不想讓老爸掌握自己的命運，勉強鼓起勇氣，試著反駁。

「少跟我歪理一堆！妳爸我當初栽培妳去唸國貿，結果妳好樣的，讀了四年國貿系，畢了業，居然去什麼廣告設計公司上班。妳會設計什麼東西？我養妳快三十年了，還不夠了解妳嗎？寫的字像鬼畫符，畫的圖比幼稚園小朋友還不如，作文分數總是在低標，能設計出什麼來？我讓妳在那家公司混了兩年，也沒見妳混出什麼名堂，一個月不到兩萬五的薪水，以後結婚是要怎麼買房養小孩？」

駱以茜被父親堵得完全答不出話來……她突然發現，原來自己的人生居然這麼廢！老爹沒扭曲事實，她確實就像爸爸說的一樣，字醜手殘腦簡單，設計這條路，還真不是她能走的。

但她也沒這麼容易放棄，跟駱老爹談判破裂後，她為此憂鬱了好幾天，之後又鼓起勇氣打電話找爸爸「革命」了好幾次，但最後還是鎩羽而歸。

接著，老媽也加入戰局，打了通「親情呼喚」的電話給她，聲淚俱下地訴說駱老爹為了她工作的事，已經快兩個星期不太吃東西，整個人都瘦了一圈。

「……以茜，妳要顧慮妳爸的身體。他老了，血壓高，心臟又不好……」

哇靠！連「高血壓」跟「心臟不好」這種標準八點檔的連續劇梗都拿出來用啦？駱老媽還真沒辜負這幾十年來天天守在電視機前看連續劇，被編劇們潛移默化訓練出來的編劇成果。

講這種謊都能臉不紅氣不喘，駱以茜在心裡暗自敬佩了她媽媽幾秒鐘。

雖然心中很抗拒，但她向來害怕柔性攻勢，尤其是老媽用這種溫情懇求，讓她當下覺得如果拒絕了媽媽，就是天底下最不孝順的人！

於是她答應了。緊接著，她就搬上了台北，出現在這棟大樓前。

其實都要來上班了，她還不知道自己要做的是什麼樣的工作。老爹只告訴她，上班第一天，先去董事長祕書室找一位王祕書，其他的什麼也沒說。

駱以茜深呼吸了三次，才邁開腳步，走進商業大樓裡。

見到王祕書時，她正在董事長祕書室裡忙著對著電腦螢幕敲鍵盤，手指飛快的在鍵盤上來來回回，一副工作認真、閒人勿擾的模樣。

祕書室的門沒關，但基於禮貌，駱以茜還是在門板上敲了幾下。

「進來。」

王祕書沒抬頭，依然專注在自己的工作上。她剪了一頭俐落的短髮，白皙的臉上有淡淡的妝容，看上去應該不到三十歲。不過光聽她說話的聲音和幹練的姿態，駱以茜就覺得她一定不是個好應付的人。

她忍不住默默的哀悼起今後可能非常悲慘的未來。

「呃……」正想要向王祕書表明自己的身分時，桌上的電話響了。

駱以茜見對方講電話，只好乖乖的在一旁罰站，等她把電話講完。

王祕書一邊講電話，一邊依然對著電腦螢幕敲鍵盤。她說話的聲音不輕不重，語調專業，字句清晰又條理分明。駱以茜目不轉睛地看著她，心裡更加肯定，眼前這個女人，絕對是公司裡不能得罪的人。

講完電話後，王祕書終於願意抬頭看她了。

「呃，我……」駱以茜有些緊張地開口。對方的氣勢太強大了，她感覺自己手足無措，根本不知道該怎麼自我介紹。

「駱以茜嗎？」王祕書扯了扯嘴角，淡淡地問。

「……是、是的。」駱以茜小雞啄米似的拚命點頭，一副生怕她沒看見的樣子。

王祕書認真看了她幾秒鐘後，才說：「以後妳盡量穿裙裝上班。最好是套裝。裙子不能太短，長度保持在膝上兩公分，以黑色或深藍、暗紫色為佳。上班時間是早上九點到下午六點，中午有一個小時的午休時間，不過基於公務需求，我希望妳早上能提早半小時到班。妳的位置先安排在外面大辦公室，等等我會領妳到座位上。這幾天有個林小姐會帶妳，等妳熟悉環境後，我會指派工作給妳。有沒有什麼問題？」

駱以茜連忙搖頭，但瞬間像想到什麼似的，馬上又用力點頭。

「有什麼問題？」王祕書問。

「我、我的工作職稱是……」

王祕書笑了，她看著駱以茜，薄薄的嘴唇上勾起淺淺的弧度。

「董事長的祕書助理。」

「啊？」駱以茜以為自己聽錯，連忙追問：「是董事長的祕書，還是董事長的助理？」

王祕書這時從座位上站起來，又從桌上拿起一份文件夾抱在胸前，走了幾步，站在駱以茜面前。駱以茜這才發現，她竟然比自己矮了半顆頭，看上去大概沒有一六〇公分。

「都不是。妳的職稱是董事長的祕書助理，也就是說，妳是我的助理。」說完，她轉身朝門口的方向走，邊走邊說：「來吧，我帶妳去看看妳的座位。」

第一天上班的感覺，老實說，有夠爛。

座位四周全都是陌生的臉孔，大家看到她，雖然都客套有禮貌地朝她點頭微笑，但一整天下來，真正願意理她、會跟她聊天的，也就只有負責帶她的林雨菲了。

林雨菲年紀跟她差不多大，不過已經有一個三歲的女兒。她說自己早婚，大學還沒畢業就嫁人了。

「……因為發現肚子裡有寶寶了嘛，不嫁怎麼行！而且我老公是我追來的耶，怎麼可以輕易放過他？都鬧出人命了說。」林雨菲講起丈夫，一雙眼睛就開始閃愛心。

「啊，鬧出人命？」駱以茜一口飯差點從嘴裡噴出來。不過就是結個婚嘛，有必要拿命來相逼？

「是有了我女兒啦！」林雨菲笑了笑，「檢查出她時，她都已經有心跳了。我跟我老公都捨不得，只好帶他回家向我爸媽求情，讓我們兩個人結婚囉！」

看著林雨菲笑得甜蜜蜜的臉龐，駱以茜忍不住也跟著她笑起來。一笑，兩個人的距離瞬間又拉近不少。

然後駱以茜問起王祕書的事。

「其實王姊人還不錯啦，就是不苟言笑，做人做事都很嚴謹，還不太容易親近……其實我是市場行銷部門的人，跟王姊比較沒有業務上的直接接觸，所以也不知道在她底下做事到底是什麼感覺，不過妳說妳是那個……什麼祕書助理，是不是？」

林雨菲一問，駱以茜連忙點頭，她才又接著說：「老實說，妳是我們公司第一個祕書助理呢！史無前例。我應該對妳說……恭喜嗎？」

聞言，駱以茜忍不住嘴角抽搐。唉，真可悲，什麼祕書助理嘛……當祕書的助理，就是個打雜的小角色。

不過她覺得，自己跟林雨菲一定可以做成好朋友，光聽她那無厘頭的說話模式，還有無比樂觀的人生態度，跟自己顯然是同一個世界裡的人。

林雨菲說著說著，又說到了董事長的八卦。

「我們董事長啊，老實說……」她把頭靠近駱以茜，壓低聲音，「他是我見過最混的董事長了！我很少看到他進辦公室，連開會也很少出席。聽說主管們會在各部門會議後，用視訊向他會報相關內容。不過幸好老闆雖然混，但對員工還是很大方的，薪水跟年終給得都讓業內眼紅呢，所以公司的流動率一直都不高。」

「董事長叫什麼名字？」

「楊允程。」

那天下班後，駱以茜跟幾個大學死黨在手機通訊軟體中的「四朵花」群組裡聊天。其他幾個女生早就聽聞她要回台北工作的消息，紛紛詢問她第一天上班的心得。

小茜：別說了，就是「水土不服」。

甜姊兒：怎麼了？

巧愛：該不會是老闆太帥，妳才「水土不服」吧？

小星：真的嗎？老闆很帥嗎？（愛心眼）

小茜：老闆帥不帥，我不清楚，還沒見到他本人。不過見到了他的祕書，是個美人兒，態度專業但臉太臭，不是同道中人啊。

巧愛：感覺妳在新公司會混得很辛苦的樣子！
甜姊兒：妳的工作職稱到底是什麼？
小茜：說出來會嚇死妳們……
小星：快說！（拍桌）
甜姊兒：該不會是傳說中的董事長祕書吧？欸，不對！妳們董事長已經有祕書了！那妳到底是做什麼呀？難道是特助？
巧愛：快說快說，人家好想知道。
小茜：董事長的祕書助理。
甜姊兒：？
巧愛：？
小星：？
小星：董事長的祕書助理？那是什麼鬼？
小茜：就是祕書的助理啊……（嘆氣）
甜姊兒：聞到八卦味耶！快說快說，該不會妳們董事長跟他祕書其實有一腿，心疼人家的工作太多，才讓妳進去當她的助理，幫她忙的吧？
巧愛：咦，妳沒說我還沒想到呢，這麼一說，我也覺得有這種可能性了，小茜，情況是不是真像小甜說的那樣？

小茜：我哪知啊？今天才剛進公司上班。

小星：不急不急，反正以小茜的八卦天性，再等個一個星期，我們就會知道答案了。

甜姊兒：如果案情有任何新發展，妳可要第一時間告訴我們喔，跪求！

巧愛：跪求……

小星：跪求！（星星眼）

小茜：好啦好啦，妳們真的很八卦耶！

小星：八卦是維繫女人感情的最佳良品，有空請多多服用。

巧愛：+1

甜姊兒：+1

小茜：……+1

老同學聊著聊著，又聊到各自的男朋友，每當聊到這個話題時，駱以茜就覺得特別寂寞。她沒有男朋友，所以只要聊到有關於男友的話題，自己就搭不上話。

看著群組裡不斷跳出來的對話框，駱以茜偷偷地嘆了一口氣。

其他幾個姊妹都在畢業後順利與心目中的理想對象交往，怎麼偏偏她的「那個他」就是不出現？自己的眼光也沒有多高啊，長得也沒有多對不起國家民族啊，但為什麼就是沒人欣賞呢？

回過神來，就見甜姊兒在群組裡宣布，下星期她要帶男朋友回家見爸媽，還說心裡其實有點小害怕，很擔心父母不喜歡。

眾姊妹們紛紛幫她加油，給她信心，小星跟巧愛則積極提供她們帶男朋友回家跟家長「面試」時的寶貴經驗。

駱以茜覺得自己又跟不上她們的談話了……唉，難道單身有罪？單身的人就活該孤單寂寞恨？

前些天，駱老媽還跟她提起，鄰居楊媽媽說過有間月老廟超靈驗，朋友的女兒去那裡求了一條姻緣線，綁在手腕上，才不過半年的時間，馬上交到各方面條件都不錯的男孩子，搞不好再過一段時間兩個人就要結婚了。

駱老媽要求她也去求條姻緣線，說不定緣分馬上就跟著來。

「我才不要！」

駱以茜第一時間反對。她天生反骨，對於家人安排的事，從來就是抱著「因反對而反對」的心態，總是要先抗議一下，真拗不過了，再心不甘情不願的接受下來。

她頓了頓，又說：「我才幾歲啊，長的又不是很醜，求什麼姻緣線？媽，妳不知道，追我的人可多著呢，排隊都能繞路口的菜市場外圍一圈。」

講這話時，駱以茜臉不紅氣不喘。她突然覺得老媽的瞎掰功力說不定不是看電視學來的，而是祖先的基因裡遺傳下來的，不然為什麼連她這個不看電視劇的人，瞎掰起來也能如行雲流水，順暢無阻，一點破綻也聽不出來。

這一定是遺傳！

「隨便妳，反正三十歲很快就到，我看妳還有多少時間好浪費！」駱老媽當然了解女兒的個性，強逼沒有用，等時機到了，她自然會來求救。

果然，現在被眾姊妹們一刺激，駱以茜真的想去求條姻緣線了。

老是跟不上姊妹們的話題，感覺很悲哀。她何嘗不想像她們一樣大肆炫耀男友有多溫柔體貼多金帥氣，可偏偏身邊就連隻鬼都沒有啊！

唉，絕不能再這麼孤孤單單的生活，戀愛也是一門學分，她可得好好修一修啊！不然一生平淡地過下去……想想，實在覺得好寂寞。

其實新公司似乎也沒有想像中那麼不好。至少，同事人數就比以前的舊公司多出不知道有多少倍。

人多就熱鬧，交流的話題又多又新鮮有趣。

駱以茜是個喜歡熱鬧的人。

而且新同事們對她實在很客氣，早上叫外送飲料或咖啡時，都會親切地問她要不要也來一杯。

其實駱以茜不太喝飲料或咖啡，她比較喜歡沒有味道的白開水。大概是因為從小駱老媽就不讓她喝那些市售飲料，堅持要她多喝對身體沒有負擔的白開水，結果多年養成了習慣，她對手搖飲料興趣缺缺。

但為了表現「合群精神」，她也會跟大夥兒一起叫飲料來喝。

週五早上，同事們又揪她一起訂飲料。她點了一杯玄米茶，忽然想到王祕書好像從來沒跟大家一起買過飲料。不過每天早上，她都會拎著一杯咖啡進公司。但今天早上她進祕書室向王祕書請示時，她的桌上並沒有咖啡……於是駱以茜自作主張地幫王祕書點了一杯不加糖的熱拿鐵。

飲料送來時，外送人員熟門熟路把飲品直接送到茶水間去放著，同事們有空就會去茶水間領取自己點的飲料。

駱以茜習慣等大家都拿得差不多時，再去領自己點的飲品，並不是她有「敬老尊賢」的精神，總歸一句只是懶。

她投機取巧地想著，等大家都領回飲料後，剩下的那一杯就是自己的了，也不用翻杯子看標籤找飲料，多省事！

她在座位上，一邊做著王祕書一早交代自己的項目表格，一邊偷偷觀察同事們拿飲料的情況，覺得其他人都拿得差不多了，才起身走進茶水間。

結果人才走到茶水間門口，就聽到裡面有幾個女同事聊天的聲音。駱以茜向來覺得聽別人說話是非常不道德的行為，本來打算再回辦公室工作，過一會兒再來，但那些人的聲音剛好鑽進了她的耳朵裡。

她們講到了自己的名字！

駱以茜腳步一頓，也忘了要走，站在茶水間門口聽了起來。

「……聽說是走後門進來的！」一個刻意壓低的聲音說。

「嗯，還是老闆指名讓她進來的。我看她工作能力很平凡啊，長的也不怎麼樣，怎麼有那麼大的能耐？該不會是跟老闆有一腿吧？」

這真的是在說自己嗎？駱以茜心裡疑惑。

「喂，什麼跟老闆有一腿！她是什麼咖啊？我們老闆那麼帥，會把她看進眼裡？不要汙辱了老闆的眼光好嗎？」

「對喔對喔，老闆哪看得上她啊？要看，也是看得上我才對，我渾身上下都充滿了董事長夫人的高貴氣質，是不是？有沒有？」

「作夢吧，就憑妳？」回應她的是一個更不屑的語調。

「欸，妳可別這麼篤定，哪天我要是真的飛上枝頭變鳳凰，妳們還得巴結我呢！快祝福我心想事成吧。」

然後她們嘻嘻哈哈地笑了起來，還嘲弄地說祕書助理的這個職稱聽起來很蠢，既不是祕書也不是特助，不過是祕書的助理，分明是擺著好看領乾薪的爽缺嘛，工作內容八成也是工讀生的打雜。

駱以茜的耳朵轟隆隆響，原來她們真的是在說自己的八卦啊！可這些人平時都對她笑嘻嘻的，沒想到背地裡是這麼評論她的？

駱以茜心裡很難過，也不想再喝飲料了，只想回去把王祕書交代的工作做完，明天就遞職呈。

就算環境再好、薪水再高，也比不上自尊重要。

她可不是來這裡讓人議論的！

就在她心灰意冷打算轉身回辦公室時，有個人快速地越過她，走進茶水間。

是王祕書。

可是，她怎麼會在這裡？

王祕書一進茶水間，裡面吱吱喳喳的聲音瞬間全沒了，女員工們楞了一下，尷尬地喊了句，「王姊。」

王祕書很平靜地拿著杯子走到飲水機前，撕開了一包沖泡式咖啡，一邊沖咖啡，一邊說：「我的助理是我請老闆增聘的，她有沒有能力，我最清楚。跟在我身邊，美不美貌，對我來說也不重要。我要的是助理，不是選美小姐。所以，以後請閉緊妳們的嘴，再讓我聽見妳們議論別人，我一定會找妳們的主管談一談。不信，妳們可以試試。」

那幾個長舌的傢伙只能唯唯諾諾應聲稱是，快步溜出茶水間。她們走出來時，看見站在門口的駱以茜，又是一陣尷尬，幾個人衝著她扯了扯笑臉，快速離開。

待她們全都走了以後，駱以茜才走進茶水間，看著王祕書瘦小的背影，怯怯地說：「王姊，謝謝妳。」

王祕書沒有回頭，聲音淡淡的問：「妳知道公司裡最招人眼紅、議論的是什麼人嗎？」

駱以茜想了想，有答案，但不敢說。她覺得自己的答案一講出來，王祕書說不定會氣得暴走。

她的答案是「漂亮的女人」。不過她知道自己的答案不一定正確，因為她長的雖非萬分抱歉，但也絕非沉魚落雁。

見駱以茜半晌沒出聲，王祕書轉過身來，看著她說：「是空降部隊。」

「空降部隊？」駱以茜睜大眼。她這樣也算空降嗎？又不是經理級的，不過是一個小助理，哪算是什麼空降部隊啊？那些女人們眼紅得莫名其妙。

「其他人都是從基層做起才有今天，而妳年紀比她們輕，薪水又比她們高，別人當然會說話。妳唯一可以堵住她們那張口的，就是能力。」王祕書看著她，眼睛亮亮的。「只要妳的能力表現出來了，別人自然會乖乖閉嘴。」

駱以茜了解地點頭，心裡滿是感激。這個看似冷淡的女人，其實心裡無比柔軟，難怪林雨菲那麼欽佩她。

「我能保護妳這一次，但不能保護妳永遠，妳要記住這一點。以後，要靠的還是自己，明白嗎？」

駱以茜又點點頭，「我知道了，王姊。」

「妳的資質其實不錯，就是少了磨練。林雨菲雖然是傻大姊，但她的工作能力很強。這段時間妳跟在她身邊要多學著點，等過一段時間，我會把妳調回我身邊，到時工作量會大增，妳要先學著適應。」

「好的，我知道。」駱以茜點頭。聽了王祕書的話，她突然覺得全身上下都充滿了幹勁。

「好了，回去工作吧。」說完，王祕書信步朝門外而去。駱以茜突然想起剛才她幫王祕書點的那杯咖啡，連忙出聲喚住她。

「早上我訂飲料時，想到妳今天好像沒買咖啡進辦公室，就自作主張的幫妳也點了杯拿鐵。」

駱以茜迅速從桌上的飲料中，拿起印有咖啡圖案的杯子，畢恭畢敬的雙手捧著，送到王祕書眼前。

王祕書也不推辭，收下咖啡後說：「晚點再把錢給妳。」

「啊，不用不用，王姊，這杯我請妳！」

「不可以不收錢。我從來不喝免費的飲料。妳要是不肯收我的錢，那妳就拿回去自己喝吧。」

望著王祕書推回到面前來的咖啡，駱以茜屈服地說：「好吧。」

王祕書這才帶著淡淡的笑容離開。

週末，駱以茜在家閒閒沒事，向老媽問起月老廟的位置。

「幹嘛？」駱老媽正低著頭包水餃，口氣很冷淡，「妳不是說不需要，還說追妳的男生都可以繞菜市場一圈了！」

啊！這真的是親生媽媽嗎？她吐自己女兒的槽可是不遺餘力啊！駱以茜在心裡哀戚地想。

「呃……就我同事嘛！她說她沒有男朋友，心裡怨氣很重。我想到妳說那間月老廟很靈，隨口跟她聊了一些，想不到她很有興趣，問我地址說要去求求看。我想反正我也閒著沒事做，不如跟她去一趟，順便求求姻緣線，看看是不是真像妳說的那麼靈。」

說完，她都想為自己說謊不跳針也不用打草稿的瞎掰功力叫好，原來，自己還滿有當詐騙集團的潛力嘛！

駱老媽站起來，從茶几抽屜裡拿出一張便條紙，紙上寫著月老廟的地址。

「心誠則靈，心不誠就不用去了。」把紙條交到駱以茜手上時，駱老媽叮嚀。

「誠誠誠，不誠怎麼會想去求呢？」駱以茜把那張紙捧得猶如聖旨一般，眉開眼笑。

「我不是說妳同事，是說妳。」駱老媽瞥了她一眼，「妳不要抱著試試看的心態，不然神明是不會幫妳的。」

「喔。」

駱以茜乖巧地點頭。這一回，她可是抱著一定要交到男朋友的心態去求的，怎麼會沒有誠意呢？

事不宜遲，中午她連飯都沒有吃，拉了高中死黨馬小雅就往月老廟趕去。

「妳很煩耶，我都跟男朋友約好了，妳卻突然拉我出來是怎樣？破壞別人姻緣是會倒三輩子楣的耶。」

馬小雅一邊開車，一邊抱怨。

「哎唷，陪我去求姻緣線嘛！妳總不能只顧自己幸福，卻放著好朋友怨念很深，全身散發黑色怨氣，成天在身旁飄來飄去吧？」

「誰管妳啊！」

馬小雅天生嘴賤，但駱以茜就是喜歡她這種口沒遮攔的個性。沒心機的人好相處啊！

「好啦好啦，不然請妳吃飯嘛。」她提出交換條件。

馬小雅冷哼。「才不要，只吃一餐哪夠。」

「那不然……兩餐？」駱以茜伸出兩隻手指頭，大方提議。

「成交！」馬小雅也不囉唆，爽快回答，「老規矩，地點我挑，費用妳出。」

「妳可得手下留情啊，我只是領薪水的上班族，妳可不要又像上次那樣挑超高檔的餐廳，吃一餐就花掉我三分之一個月的薪水。」

馬小雅出身富裕家庭，從小穿好用好吃好，穿的是高檔，用的是精品，吃的是氣氛。

不過自從跟駱以茜混在一起，她慢慢從貴族往平民的生活風格邁進。在交了男朋友後，更從一隻高高在上的鳳凰變身為平易近人的小麻雀，越來越像個正常人了。

「知道啦，妳這個小氣鬼。」馬小雅斜睨了駱以茜一眼，嘴角有藏不住的笑意，「前些天我看到有間新開的餐廳，主推龍蝦大餐。我早就想去嚐嚐看了，聽說一客才三千多，非常超值。我們等一下就去吃龍蝦吧！」

駱以茜的下巴差點掉到地上去，一個人三千多？那兩個人不就七千了？天哪，這個馬小雅，到底把不把別人的錢當錢啊？

「馬小雅，『心狠手辣』這四個字所形容的，應該就是妳這樣的女人吧！」

「我有嗎？」馬小雅睜大眼，露出無辜的表情，「『天真無邪』這句成語才是用來形容我的吧。」

駱以茜賴得跟她爭，反正也講不贏。馬小雅一直是個反應靈敏、口才絕佳的說話高手。

到了月老廟，放眼一看，廟裡香客很多。那一張張眉頭深鎖的面容，全都是些孤單了許久的曠男怨女，他們背後彷彿都散發出黑鴉鴉的寂寞怨念。

照駱老媽教的方式，駱以茜跪在月下老人面前，誠心誠意在心裡對祂祈願，然後擲筊。沒多久，她拿了一條紅線走出來，開開心心地要馬小雅幫她綁在手腕上。

「綁這個能有用？」馬小雅邊綁邊好奇地問。

「我媽說這間月老廟很靈的。光看這廟裡人聲鼎沸的樣子，就知道我媽一定沒有騙我。」

「我一個同事手上也綁了一條像妳這樣的紅繩，她綁了三年多了，但是身旁連隻蒼蠅也沒有。妳確定這個真的有用？」馬小雅又問。

「她一定是心不夠誠，再不然，就是月老還沒幫她牽到線。妳知道的，月老跟我們一樣的，也有能力高低之差。說不定我拜的這間月老廟，法力比較高強，一下子就能幫我找到我的有緣人了呢！咱們拭目以待吧。」

說完，駱以茜喜孜孜地摸了摸手上的紅線，開始期待心目中的白馬王子能早日出現眼前。

星期日，駱以茜七早八早就醒了。醒來時還不到七點，她躺在床上想著要怎麼打發這漫長的一天，忽然記起已經好些日子沒上去更新部落格了，再不趕快發一篇新文章，好不容易累積起來的人氣，恐怕就要流失了。

她喜歡吃美食，還在網路上註冊帳號經營一個部落格，裡面發表的全是食記，有大餐廳，也有路邊攤。她還喜歡拍照，所以買了一部數位單眼相機，專門用來拍攝那些令人食指大動的美食。她把每次的食記連同照片放上部落格，再寫上品嚐的體驗與感受。她的部落格瀏覽人數有一萬多人，以女性居多。很多人會在看過她的文章後，去她推薦的餐廳吃飯，再回來留言，寫下心得與她交流。

駱以茜曾有段時間十分沉迷於經營部落格，但自從被駱老爹通知搬回台北後，因為心情低落，前一段日子完全無心更新。

回台北後，因為進了新公司，一切都要花時間適應，她就更沒心情，也沒時間上網更新了。

開了電腦上線一看，果然，除了留言板上有許多人問站長什麼時候會再發新文章之外，部落格的單日瀏覽人數也減少了很多。

駱以茜想起昨天跟馬小雅去吃的龍蝦大餐，可惜忘了拍照，不過那一間餐廳並不值得推薦，價格太高是其一，料理平凡是其二，總之她絕不可能再度光顧，不寫也罷。

但總該寫些什麼來挽回人氣吧？駱以茜心裡想著。

她托腮思索了一下，突然想到附近有一間開了一陣子的簡餐店。她曾經過那間餐廳幾次，店面不是很大，大概只有七、八張桌子，不過布置得很雅緻，是個適合約會或家庭聚餐的場所，而且那間店的生意一直不錯，即使是平日，也總是高朋滿座，說不定是個高 CP 值的餐廳！

這麼一想，她馬上興沖沖地抄起手機，撥電話找馬小雅。

馬小雅還在睡，接起電話的聲音充滿睏意，「喂？」

「馬小雅，都幾點了，妳還在睡？」

「切！」一聽見是駱以茜，馬小雅二話不說把電話掛了。

駱以茜只覺得莫名其妙，楞了兩秒鐘，重整旗鼓的再撥過去。

這回電話只響一聲就被接起來。駱以茜還來不及出聲，馬小雅就火爆怒吼。「妳這個死丫頭，再敢打電話來吵老娘好夢，我馬上就烙兄弟去砍妳十的手指頭，讓妳再也不能打電話，聽見沒？」

她嚷完，又掛了電話。

駱以茜吐吐舌頭，揉揉慘遭震撼教育的可憐耳朵。

馬小雅只要遇到假日就特別貪玩，經常鬼混到天亮了才肯乖乖回家去睡覺，而且一睡就像死人一樣，怎麼叫都爬不起來，睡到太陽快下山也是常有的事。駱以茜被她掛電話已經不是一次兩次的事了。她的脾氣又特別火爆，就算天王老子也絕不能打擾她的休息，否則她會跟對方拚命。

駱以茜沒轍的嘆了口氣。

沒辦法，只能說馬小雅沒口福囉！

她決定自己一個人光顧那間簡餐店，順便拍幾張讓人垂涎三尺的美食照，更新部落格內容，看能不能挽回流失的「民心」。

刻意在家裡東摸西摸了一陣，等到時間接近中午十一點時，她才騎著單車外出。

駱以茜已經很久沒有騎單車了。高中時，駱老爹幫她買了一輛外型拉風的白色單車，那時，她天天騎單車上學。上大學後，因為離家在外就學的關係，交通工具從腳踏車變成大眾運輸工具，只有偶爾回台北，到住家附近買東西，才會騎單車。

這些年雖然很少在家，不過駱老爹一直把她那輛單車保養得很好，有時間就會騎著車到外頭去跑跑，避免放太久放壞了，齒輪也會定期上油，輪胎隨時充飽了氣，就怕她回來臨時要用車時不方便，所以一直讓她的單車保持在最佳狀況。

去年駱老爹看雜誌，發現有人把自行車掛在牆壁上。他覺得很酷，也請人在玄關旁的牆壁上鑽洞，裝了單車掛架，把那輛白色單車也掛在牆壁上。

為此還被駱老媽唸了好一陣子。

駱老媽是個篤信風水的人，她說駱老爹這樣找人亂敲牆壁，又把單車掛在牆壁上，是破壞風水……

駱以茜不懂風水，也不明白為什麼把車子掛在牆壁上很酷，不過從這些小事上她看得出來，爸爸是真的很疼她。

邊想著這些瑣碎小事邊騎車，她慢悠悠到了簡餐店。想不到才到餐廳門口，往裡面一看，她就驚呆了。

怎麼才剛十一點，店裡已經沒有空桌了？

駱以茜不想敗興而歸，硬著頭皮進去問，是不是能幫她安排個座位？還故作可憐地說自己是特地來吃的，因為朋友曾向她推薦這家店的食物超美味，不吃可惜，偏偏晚一點還有個重要的約會，不到不行，所以現在非得吃到不可，不然等等就要餓肚子了。

站櫃檯的服務生看上去像是個打工的大學生，被她唱作俱佳的演技騙得一楞一楞，馬上熱心地說願意幫她問問看有沒有人願意併桌。

她進去沒多久又出來，喜孜孜地對駱以茜說：「裡面有桌客人願意跟妳併桌，不過對方是男生，妳介不介意？」

駱以茜瞄了眼那些比她晚到，只能在餐廳外面候位的顧客，馬上滿臉堆笑。「不介意、不介意，我很隨性的。」

反正以前在學生餐廳吃飯，大家共用幾張長桌，對面也總是坐著不認識的同學，她早就習慣了。

服務生領她到裡面的位置落座。那張四人座中只坐了一個男人。駱以茜朝對方禮貌而客套地點點頭，抱歉的招呼，「真不好意思，不知道有沒有打擾到你用餐？」

「沒關係，多個人，熱鬧一些。」男人很客氣的回答她。

駱以茜這才看清楚對座的男人。看上去大約三十出頭，濃眉大眼，不是很帥的那種花美男，不過身上散發出一種無可言喻的獨特魅力，講話的聲音有些低沉，充滿磁性，笑起來時眼尾有迷人的淡淡笑紋。

這個男人，一看就十分順她的眼啊！

駱以茜看人習慣先看眼睛。她對濃眉大眼的男生最沒有抵抗力了，學生時期暗戀過的幾個男生，全都是濃眉大眼，笑起來十分陽光的男孩。只可惜當時年紀太小、勇氣太少，光顧著喜歡，卻從沒勇敢告白過，最後只能含淚看著他們牽起女朋友的手，幸福的在她面前「曬恩愛」。

有一次她酒後吐真言，告訴馬小雅她心裡的遺憾，結果馬小雅不愧是毒舌幫幫主，居然直接吐槽。

「就算妳真的告白了，也不一定會成功啊！還是不說的好，免得丟臉。」

至此之後，她就堵氣得再也不想把自己的暗戀心事向馬小雅傾訴了……

不過也沒差，後來很長一段時間，她連暗戀的對象都沒有。

想著機不可失，駱以茜點完餐後，趕緊找機會跟濃眉大眼男搭話。

「你第一次來這家餐廳嗎？」她笑咪咪地問。

「第二次。之前跟朋友來過一次，覺得氣氛很不錯，餐點也好吃。今天剛好有空，就又來了。」男人大方直接地回答。

「喔，那你有沒有推薦的菜色？我可以下次點來吃看看。」

「妳剛才點的炸豬排咖哩飯就是上次我點的餐。口味很不錯，豬排炸得脆而不膩，咖哩微辣，不過醬汁很濃郁，吃完口齒留香。」

「被你講到我口水都快滴下來了。」

駱以茜一臉燦笑。對面坐了這麼個秀色可餐的魅力男，就算豬排咖哩飯沒像他形容得那麼可口，也一定吃得心滿意足。

下意識的，她手摸了摸左手手腕上的那條紅線。昨天才剛去求了這條姻緣線，今天就遇到她夢想中的魅力型男人。這算不算有點應驗了呢？

雖然她對對方的姓名、住址、職業等資料全都不清楚，不過說不定等一下離開前，她可以硬著頭皮掰個理由跟他要手機號碼……緣分這種事，可不是平白從天而降的，有時候，也要靠人為去製造！

兩個人的餐點一前一後送上來。駱以茜看著自己的那盤炸豬排咖哩飯，光看那被炸得酥酥脆脆的金黃色豬排，和佐白飯的超濃稠咖哩醬汁，她的口水真的快滴下來了。

拿出相機，她「咔嚓咔嚓」的拍了兩張照片。

「我的要不要也順便拍？」魅力男指指自己那盤散發出濃濃奶油與起司香氣的焗烤，微笑問道。

「啊，不用。」駱以茜抬眸，對他綻出笑意，「我是要寫美食部落格的，你的餐我沒吃過，拍了也沒辦法寫評價。下次我再來吃吃看你點的焗烤吧……呃，你點的是什麼餐哪？」

「奶油焗烤海鮮麵。」

「好，謝謝，我記起來了。」

「妳剛才說，妳寫美食部落格？」男人又問。

駱以茜點頭，「只是興趣，寫好玩的。」

「所以妳也像那些網路美食客一樣，有自己的部落格？」

駱以茜又點頭。不知道為什麼，她居然有點小害羞，大概是第一次和陌生人談起自己的美食部落格的緣故吧！

「好厲害啊！」魅力男露出欽佩的眼神，又繼續提問，「所以妳寫部落格時，會把照片放上去，然後把品嚐的感想發表出來？」

她繼續點頭。

「哇，那妳的感覺一定很細膩。我就沒辦法這麼做，東西吃過就吃過了，只能分得出來好不好吃，要我講感受，一個字也描述不出來，更別說用寫的了。」

駱以茜也不知道自己是怎麼回事，這種品嚐食物後迴盪在心裡的感受，好像是與生俱來的本能，咬下去的第一口是什麼感覺，咀嚼過後的感受又怎樣，吞下後又是什麼滋味……她都能鉅細靡遺地講出來。

不過小時候只要她一邊吃東西，一邊講感受，駱老爹就會抓狂，老要她「食不言寢不語」，不要成天像隻小麻雀一樣吱吱喳喳說個不停，聽了煩心。

所以後來她就養成寫日記的習慣。別人的日記裡寫的是每日日常生活的瑣碎記事，而她寫的全都是吃了什麼東西的感想。

一直到大學時，她才改用部落格寫食記。

本來只是當作是寫日記一樣的記錄飲食體驗，想不到一段時間過後，關注她的網友越來越多。他們會在她的部落格裡發言互動，有的人還會推薦她一些頗受好評的美食餐廳，彼此分享，互相交流心得。

「不如這樣吧，妳把妳的部落格網址給我，我有空時也上去看看。以後如果要請朋友吃飯，可以參考妳推薦的餐廳名單，免得常常踩到地雷，還被朋友奚落一番。」

「好啊，可是我身上沒帶筆，怎麼寫給你，你有筆嗎？」

魅力男搖頭，「我剛才去運動，身上沒帶筆，連手機都沒帶。要不，我跟服務生借一枝筆。」

他說完就要起身去借筆。

駱以茜心想，這是要到手機號碼的大好機會，如果沒能把握住天賜良機，那她就是笨蛋。

她叫住他，笑臉盈盈地說：「不用這麼麻煩……你把你的手機號碼給我，我用簡訊把網址發過去，不是更方便嗎？這樣你就可以直接點進我的部落格，不用再輸入網址了，也省事些。」

魅力男想了想，點頭同意，然後接過駱以茜遞過去的手機，把自己的號碼輸入，再撥打出去……就這樣，雙方都有了彼此的手機號碼了。

一餐飯吃下來，駱以茜跟魅力男相談甚歡，臨分手前，她問了對方的名字。她說：「我總不能一直都叫你『喂』或『嗨』或『哈囉』吧？到底要怎麼稱呼你才好呢？」

「那妳就叫我小羊好了。」

「小羊？羊咩咩的那個羊？」

她睜大眼。這綽號好可愛啊！不過一個大男人，叫這麼可愛的名字也有些怪，但是……管他的呢！這男人這麼有魅力，就算他叫小白兔，她也覺得無所謂。

女孩子對看對眼的男性包容力，永遠都是無限大的。

小羊點點頭，「對，那是我的小名，我媽都這麼喊我的。」

駱以茜笑得甜甜地說：「既然你都告訴我名字了，公平起見，我也要告訴你我的名字。不然以後你見到我都叫我『哈囉』，那要怎麼辦？」

小羊笑了笑，眼尾的笑紋就像兩條快樂的魚。駱以茜看著，嘴角忍不住上揚。

「洗耳恭聽。」他說。

「我啊……我叫駱以茜，我爸媽通常都會叫我小茜。」

「小倩啊……」小羊沉吟了片刻，又抬起頭，一雙眼笑得彎彎，「是《倩女幽魂》的那個小倩嗎？」

「不是不是。」駱以茜急忙搖頭，解釋著，「草字頭，下面一個西邊的西。」

他一臉恍然大悟，「喔，小西喔？」

「是小茜啦。」她連忙糾正。

「哈，跟妳開玩笑的，別介意喔。」小羊笑著說：「我記住了，小茜。」

原來看似穩重的小羊，也有調皮的一面啊！

駱以茜覺得他好可愛，不僅有魅力，還有顆赤子之心。不知道這麼可愛又充滿魅力的男人死會了沒？他的手上沒有戴戒指，應該是還沒結婚，一個人隻身來吃飯，說不定也沒有女朋友……

這麼一想，她忍不住偷偷竊喜起來。

與小羊道別後，駱以茜一回到家，就馬上把自己的部落格網址發到對方的手機裡。沒多久，她收到小羊的回訊，雖然只有簡短的「謝謝」兩個字，但依然激動得差點就要跪下來叩謝天地。

這姻緣線真的是超級靈的，是不是？

她手握著手機，飛撲到床上，抱著棉被滾過來又滾過去，開心得直笑，就差沒有放聲尖叫。

這時馬小雅打電話過來。駱以茜接起電話，就聽見馬小雅還沒完全睡醒的聲音傳過來，「早上找我幹嘛？」

終於出現了個可以傾吐遭遇的對象，駱以茜忍不住開心大叫，緊接著又壓抑不住激動情緒，對馬小雅說：「馬小雅，我愛妳！我真的真的真的真的真的太愛妳了……」

「我知道啦，妳已經跟我告白過一千萬次了。」馬小雅的聲音很淡定，沒有高低起伏地哼了哼，然後問：「妳今天是不是忘了吃藥了？」

「吃什麼藥？」駱以茜還在笑，興奮的情緒完全藏不住。

「看妳瘋得這麼嚴重，不吃藥行嗎？」對方「嘖嘖」了兩聲，又知己知彼地問道：「怎樣，今天又在哪裡遇到妳的白馬王子，或是妳的秀色可餐啦？」

「妳怎麼知道？」駱以茜大驚，「妳派人監視我哦？」

「拜託喔，妳幾斤幾兩重，我會不知道？還需要派人監視妳？妳也太瞧不起我這個閨密了吧！快說，妳又中了哪個人對妳使出的花癡絕命招了？」

一想到今天發生的那些事，駱以茜忍不住又笑，她絮絮叨叨的向馬小雅交代起中午的美麗奇遇，再竭盡所能把小羊稱讚了一番，講得他彷彿是此人只應天上有，人間難得幾回見。

馬小雅悶不吭聲聽她說完後，才淡淡地問了句，「說完了？」

「說完了。」

「那妳繼續去作妳的花癡白日夢吧。我快餓死了，先去覓食啦，等回頭我再來潑妳冷水，讓妳清醒清醒……掰。」

說完，她分秒都不想浪費，直接掛掉電話。

「無情，哼！」駱以茜對著已經被馬小雅掛掉的手機毫無殺傷力地罵了一句。但罵完後，一想到小羊，又忍不住竊笑起來。

哎呀，這可怎麼辦哪？好像自己真像馬小雅說的那樣，犯起花癡病來了耶！

不行不行，得趕快轉移注意力才行。

於是她點開自己的手機，找出小羊的電話號碼，把號碼加入聯絡人名單裡。在聯絡人姓名一欄，她輸入「帥氣魅力羊」這五個字。

看著那五個字，駱以茜又無法克制地笑了起來……

不過，日子總不可能天天絢爛，激情過後總會回歸平淡。

駱以茜很快又回到忙碌而緊湊、平凡無奇的上班族生活，每天兩點一線的來去，只有假日時偶爾能停下來歇口氣。

小羊沒打電話給她，她也不敢冒然打擾他的生活。

初相遇的那幾天，駱以茜每天都會打開電腦瀏覽她的網站，點進最近參觀者的名單裡，看看有沒有名叫小羊的網友出現，不過每次期待總落空。

看來，姻緣線也沒那麼靈嘛！

既然沒打算要牽起她跟小羊的姻緣線，那幹嘛把小羊曇花一現的安排出現？害她滿懷期待，還以為能跟他激起什麼樣的火花呢！

果然，還是讓馬小雅給說中了，「過客不用太真心。」

好吧！專心工作比較實際。愛情運那麼弱，至少工作運要強一點吧？

在公司裡，駱以茜已經能獨當一面了，王祕書也慢慢把一些比較簡單的工作直接指派給她，至於較有難度的，她則會在一旁指導提醒。

雖然每天都被操得很累，但駱以茜覺得日子比在高雄時充實了許多。

現在的她，慢慢在王祕書的磨練下，展現出工作能力。有幾項必須與廠商 check 項目的工作，她也應對得很不錯，即使對方以她是新人為由刻意刁難，她也能圓滑擺平，讓廠商知道她不是那麼好欺負的。

駱以茜之所以如此賣力，就是想讓那些當初嘲諷她的同事們，打從心裡認同她。

林雨菲依然是她最信任的同事。雖然她就像王祕書說的，一整個傻大姊，不過她的嘴很緊，駱以茜跟她說過的事，她從沒走漏過半點風聲。

可是有時候，林雨菲的粗神經，也確實讓人不得不折服。

比如現在……

「咦，妳什麼時候手上綁了條紅線啊？」

午餐吃到一半，林雨菲突然像發現新大陸般地盯著駱以茜手腕上的姻緣線看。

順著她的眼神，駱以茜看了一眼手上的紅線，又用困惑的表情看回去，說：「我都戴了兩個多星期了呢，妳到現在才發現？」

「啊！有嗎？那我怎麼現在才注意到？」林雨菲抓抓頭，一臉狐疑。

這……誰知道啊？我天天都跟妳一起吃飯，座位還在妳隔壁，誰知道妳為什麼會這麼眼拙，兩個多星期後才注意到，怪我嗎？駱以茜忍不住在心裡嘀咕。

「妳戴這個幹嘛？保平安嗎？」

林雨菲換了另一個表情追問，臉上神采奕奕，顯露出好奇的姿態。

「這是『紅線』啦！」不好意思直說這是姻緣線，駱以茜於是含糊回答。

「我知道是紅線啊，去廟裡求來的嗎？」

「是啊。」

「所以確實是保平安用的囉？妳去哪間廟求的，我也幫我女兒求一條好了。」

駱以茜快要翻白眼了。唉，她到底知不知道紅線綁在手上的意義？不過，跟林雨菲這種情路順利的人解釋，應該也聽不懂，她根本就不明白情路坎坷的人那種想要找對象渴望啊！

「妳還是不要幫小孩求這個吧！她目前應該不需要……」

「保平安的東西怎麼會不需要？我家小米豆最近走路老是跌倒，一下子撞到這裡，一下子傷到那裡的，說不定求條平安繩戴著，就不會這麼跌跌撞撞的啦！妳知道的，天下父母心嘛……」

「可是這不是保平安用的嘛！」

「不是保平安的，那妳綁在手上幹嘛？綁好看的嗎？」林雨菲瞪大眼。

駱以茜看著這個少根筋的同事，深深地嘆了口氣，然後很無力的，一字一字對她說：

「我、這、個、是、求、姻、緣、用、的……」

又是週末。

馬小雅依然忙得像隻蜜蜂，成天「嗡嗡嗡」的繞著她男朋友飛來飛去。要約她吃個飯，簡直比登天還困難。

「欸，妳不懂啦，我是有男朋友的人呢！男朋友是什麼？就是需要女朋友陪伴的啊！妳懂不懂？」

打電話要約馬小雅一起去剛開幕的泰式餐廳嚐鮮，不但被一口拒絕，還被說冷話刺激……她是故意的吧？

「好啦好啦，滾啦，別人的女朋友！」

駱以茜一肚子委屈。這些女人啊，還沒戀愛時，個個都說姊妹們的感情情比金堅、至死不渝、禍福與共、生死相倚，絕對不會為了一個臭男人壞了姊妹們的友情，還說什麼姊妹是一輩子的，男人只是生命裡的過客、點綴品……

可真的交了男朋友後，態度馬上風雲變色，個個重色輕友，都棄她於不顧。是欺負她沒有男朋友嗎？太過分了！有這樣當姊妹的嗎？

「哎唷，聽妳的語氣，很委屈喔？來來來，心裡有什麼苦，說來聽聽，姊姊幫妳解惑解惑。」

馬小雅聽到她心有不甘的語氣，反而不急著掛電話了，裝腔作勢，假意關心地問道。

駱以茜眼珠子轉了幾圈，配合的反問，「如果有人跟妳感情好的時候，天天與妳山盟海誓、海枯石爛，結果一有了交往的對象，就視妳如雞肋，可有可無。那妳要怎麼處理？」

「分了吧，妹妹，留著這種人幹嘛呀？天涯何處無芳草，是不？」

「好！姊姊真是夠爽快。」駱以茜學武俠劇裡的俠女講話的語氣，豪氣萬千地說：「那咱們就絕交吧。」

說完，她迅速掛了電話……

這是她第一次掛馬小雅的電話！原來掛人電話是這麼爽快的一件事啊！難怪馬小雅老喜歡掛她的電話！

這女人真是小氣，這麼令人通體舒暢的事，她居然從沒有跟自己分享過，一個人默默獨享了好幾年。哼！小氣鬼。

馬小雅沒再撥電話過來。駱以茜知道，她現在在男朋友家，八成也沒什麼心思理她。

……算了，一個人的生活，其實也挺自在的啊！

駱以茜氣勢很弱的自我安慰了一下。

在屋子裡繞了幾圈後，實在找不到事情可以做，電視頻道切換來切換去，都沒有她想看的節目，真的好無聊啊。

這個週末，駱老爹有個兩天一夜的高中同學會。一群年過半百的老人們約好要一起去露營，回味高中的年少時光。活動地點選在溪頭，所以一大早，他就帶著駱老媽出門了，說是要搭同學的車一起南下。

沒有老人家嘮叨，整間房子突然變得好安靜、好空虛、好孤單，似乎要被寂寞吞噬掉，有點可怕。

她拿起手機，打開「四朵花」群組，丟了張笑臉貼圖想要找人聊天。結果等了半天也沒半個人已讀，看來那幾個大學死黨大概緊抓著週休二日的快樂時光，各自黏著男朋友幸幸福福的去逛街吃飯秀恩愛了吧！

嗚嗚嗚……她不明白，為什麼單身的人，註定就是可憐孤單寂寞沒人愛？

神啊！趕快出現個人來終結我的孤單吧！

駱以茜在心底大聲吶喊。

她在屋子裡晃來晃去，後來覺得自己就算沒有男友陪伴，也不能這麼宅下去，於是挑了套買來卻一直沒穿過的運動衣換上，牽起單車，打算來個漫無目的的單車之旅。

起先，她沿著馬路邊騎，後來車子轉入單車專用道，騎著騎著，遇到了幾個跟她一樣騎著單車、笑聲爽朗的男孩。她於是跟在他們後面，一路騎著，最後來到河濱公園。

十一月的陽光，早已經沒有夏日那麼樣灼烈了，不過河濱公園離家到底有一段不算短的路程，一口氣騎過來，背後汗濕了一大片。

找了個有樹蔭的地方，駱以茜停下來稍作休息。

好久沒有這麼運動了！

以前在學校時，她就像是個過動兒一樣，對什麼運動都有興趣，靜也靜不下來。出社會後，卻反差極大的什麼運動也不碰，寧願躲在家裡當宅女，也不想走出戶外、擁抱陽光。

不過今天這趟路騎下來，汗流了不少，身體也舒暢許多。

駱以茜找了塊空地坐下來，雙手撐在身後，仰著頭，瞇起眼睛，嘴邊帶著不經意揚起的笑意。

陽光從樹葉的隙縫間灑下來，落了她一身斑駁的金黃。

秋風輕拂，耳邊傳來不遠處的狗吠聲，和孩子們愉快的嘻笑聲相應，世界有種平和的熱鬧感。

在這一瞬間，駱以茜一掃方才的陰霾，覺得自己很幸福，能夠享受如此舒適的陽光，真是無比美好的事。

楊允程向來有慢跑的習慣，不管工作再怎麼忙，還是每天抽出一、兩個鐘頭來跑步。倒不是他有多注重健康，而是一種改不了的習慣。

有些事，一旦養成了習慣，就不好戒除。

這個習慣是前些年裡養成的。那時，他與國中時曾經暗戀的女孩周曉霖重逢，陪她走過一段情傷的日子，然後在還來不及表白的情況下，親眼見證她與前男友李孟奕死灰復燃的愛情。

那陣子他的心痛無處發洩，只好靠跑步來分散注意力。跑著跑著，就成了習慣。

他住的地方附近正好是河濱公園。跑步時，他習慣沿著河岸慢慢前進，一邊跑步，一邊欣賞沿途風景。

跑著跑著，楊允程突然想起昨天晚上，王祕書打電話聯絡，問他星期一要不要進公司一趟？她說馬來西亞一間有業務往來的公司，負責人江總剛好要來台灣開會，順道過來拜訪。

楊允程是一個不太勤勞的老闆，他知人善任、用人不疑，只要被他委以重任的員工，他就會充分授權、絕對信任，所以很少進公司。公司一切大小事務，都由王祕書向他報告，部門主管也多透過視訊會議向他報備，只有在做重大決策時，他才會進公司開會。但沒進辦公室，並不表示他在混。他會安排時間請公司的客戶見面吃飯打球。許多重要合約，就是在這種把酒言歡、談笑風聲間簽下來的。

楊允程之前去過馬來西亞幾次，每次去，江總都會熱情招待，這次對方難得來台灣，他當然沒有理由拒絕會面。

他又想起去年造訪馬來西亞時，自己特地帶了兩盒死黨許維婷強力推薦的土鳳梨酥當伴手禮，想不到江總吃了讚不絕口，十分喜愛。那時他還答應，如果下次有機會，一定會再多買幾盒送去。

結果他還沒找到機會再去馬來西亞，江總就來台灣了。

他提醒自己，晚點一定要打電話請王祕書幫他多訂幾盒土鳳梨酥，星期一好送給江總當禮物。

不過，除了土鳳梨酥，是不是還要再多買點什麼特產讓江總帶回去呢？他記得江總的太太大學時曾經在台灣讀過幾年書，對本地的美食一直念念不忘。或許，他可以多買幾樣女性愛吃的點心，讓江總帶回去……

正想著，突然有個女孩子朝他衝過來，一面揮著手，一面開心地叫著，「小羊……小羊……」

眼見對方就快要撞上他了，楊允程停下腳步，有點疑惑地看著眼前這個眉開眼笑的女孩。

人有點眼熟啊，但他卻怎麼也想不起來到底在哪裡見過她。

「小羊，你來公園跑步啊？」

女孩笑咪咪的模樣很迷人，大大的眼睛透出慧黠的靈氣，臉頰紅撲撲的，看上去很青春、很可愛。

「喔，是啊。」楊允程點點頭，腦子迅速轉了幾圈，思索著她到底是誰。

「你不記得我了？」

大概是他那一臉迷惘的表情，讓女孩看進眼底了。她雙手背在身後，微微前傾著身子，偏著頭看他。臉上還帶著笑，彷彿並不在意他到底有沒有想起自己是誰。

她叫得出自己的小名，那必定是他告訴她的，只是……這女孩到底是誰呢？楊允程抓抓頭，一臉抱歉。

「提示我一下吧！」

「駱以茜，草字頭下面一個西邊的西。你先前還開玩笑叫我小西呢……」女孩笑嘻嘻提醒著。

好像……有點印象了！

「我們還交換過手機號碼喔！」她再次提示他，「喔，對了，我有個美食部落格，你那天還問了我一些問題。」

喔，想起來了！

「小茜？不是倩女幽魂的那個小倩，對吧？」楊允程終於喚出記憶。

駱以茜重重點頭，一張臉笑得甜甜的。

「你終於想起來了啊！」

楊允程微笑頷首，「對不起啊，老人家的記憶都比較不好。」

「你哪有老？」駱以茜一雙眼骨碌碌地轉，表情誠摯的看著他，「你看起來頂多只大我兩歲吧！」

「妳幾歲？」楊允程反問，忽然想起年紀是女人的祕密，連忙又補充道：「如果不方便回答也沒關係，我只是好奇在妳眼中，我看起來到底幾歲而已。」

「我二十六啊。」駱以茜也不扭捏，直率回答。

「所以我二十八歲？」楊允程簡直心花怒放。

駱以茜又點頭，緊接著有點遲疑地問：「還是……你根本就沒有二十八歲？我把你講老了？」

「沒有。」楊允程心情很好，「我已經很久沒有二十八歲了。妳把我說年輕了，謝謝妳。」

駱以茜開心了，她一開心就會笑，眼睛嘴巴都在笑。

「我只是把我的感覺說出來，沒有特地要哄你開心的意思。」

楊允程覺得這女孩子真是太會說話了，不像許維婷那麼顧人怨，一見到他就找機會用話酸他，害得他也忍不住嘴賤反擊。

一樣都是女孩子，怎麼差這麼多呢？

「你最近好嗎？上次我去吃了你之前點的奶油焗烤海鮮麵，味道真的很不錯，我有寫在我的部落格裡，你有看到嗎？」

楊允程心虛搖頭。「最近比較忙，我抽不出時間上網，抱歉。」

其實他只上去看過一次她的部落格，內容確實寫得十分精彩。她還特別分門別類，將各間餐廳做不同區分，有適合初次約會、適合熱戀期、適合相親、適合親子、適合家族聚餐和適合朋友相聚的……林林總總，大約有將近十項類別。很適合網友依需求選擇。

「沒關係、沒關係，」駱以茜見他滿臉歉意，慌忙搖手。她可不是來質問他的。「我也就是隨口問問，想說如果你看過的話，可以問問我描寫的感覺，跟你吃的感受有沒有類似。」

「那我今天回去再看看。」

他記得她曾經傳過一封簡訊給他，上面有她的部落格網址。那則訊息他好像還保留著，沒有刪除，晚點回去再找找。

聽楊允程這麼說，她重重點頭，笑嘻嘻的，「好啊，如果不麻煩的話。」

「不會太麻煩的。」楊允程說：「我今天晚上沒什麼事，剛好有時間可以上網。」順便檢查一下 E-Mail 裡面有沒有重要的信件回覆。

駱以茜只是一味地笑，兩個人有幾秒鐘的靜默。楊允程之前在餐廳跟她併桌吃飯時，就覺得這個女孩的個性很開朗，行為舉止也落落大方，應該是個家教不錯的女孩子。

那時他就對她有很好的印象。後來得知她有個專門經營的部落格，對她的印象分數又往上加了一些。

他向來就對有才華的女孩子難以抗拒，譬如之前暗戀了很長一段時間的周曉霖，也是才貌兼俱的女孩，又譬如他的第一任女朋友，也是個文筆很好的女生……

「呃，打擾到你跑步的時間了，真不好意思。你繼續跑步吧，不用理我沒關係，我只是騎車過來有些累了，所以停下來休息，正巧就看見你啦。」

駱以茜解釋原因的表情又正經又專注。那一瞬間，楊允程突然覺得這女孩子真的很可愛。她的身上有股他說不出來的吸引力，讓他忍不住想說：「沒關係，我一點都不忙，我們可以再聊聊……」不過礙於交情不深，他硬把這些話吞進肚子裡。

而駱以茜則是顧慮楊允程可能有其他事要忙，不能這麼任性的一直拖住人家。雖然也想再多聊幾句，但如果死纏著的話，恐怕就要給對方壞印象了。

她又朝楊允程笑了一下，牽起腳踏車說：「那我先走了，拜拜。」

楊允程跟她道別，口氣就像個老朋友一般，「改天有機會再一起出來吃美食吧！」

駱以茜滿臉燦笑，用力點頭，覺得自己快要樂瘋了！

「所以妳說，他是不是對我也有點意思？」

一衝回家，駱以茜第一件事就是奔進廁所裡解決生理問題，第二件事則是坐在馬桶上打電話給馬小雅，向她報告小羊約自己下次一起吃美食……

電話才一接通，她就興奮地把在河濱公園巧遇楊允程的事，還有兩人分別前的對話，一五一十地告訴馬小雅。

然後，駱以茜問她對這整件事情的看法。

馬小雅很安靜地聽她說完，平靜但答非所問的反問：「咱們不是絕交了？」

駱以茜這才猛然想起出門前跟馬小雅鬧脾氣的事，連忙「嘿嘿嘿」的傻笑一陣，含糊地說：「有嗎？我不記得了。」

「駱以茜，妳再耍無賴嘛妳。」

「馬小雅，好朋友不是這樣當的吧？我記得妳明明就不是會記仇的人哇。」

「現在開始，我是了。」

「唉呀，別這樣子嘛！妳忍心跟我計較這種小事？妳也知道，我就是孩子氣幼稚鬼。妳不是老說我長不大？那妳為什麼要跟一個長不大的小女生計較呢？」

「妳終於承認自己是幼稚鬼了？」

駱以茜頓了一下，認輸地說：「好啦，我承認啦。」

電話那頭揚起勝利的笑聲，駱以茜在心裡無聲的罵她才是真正的幼稚鬼，專愛爭這種無聊的小事，真不知道有什麼意義。

但套句馬小雅男朋友說過的話，「馬小雅這種女生，就是標準的女王，跟她說什麼情、爭什麼理全都沒有用。在她面前，妳只要乖乖聽話就好了，千萬不要企圖反抗，除非妳已經決定不要這個朋友了。」

駱以茜覺得他真是個聰明人，而他愛她愛到可以完全包容她女暴君的性格，諾貝爾獎委員會應該要頒給他一個「最佳包容獎」。

「我覺得妳真的不要想太多。很多男人都喜歡說場面話，他會這樣跟妳說，應該只是客套的說詞，妳不要當真了，否則以後受傷的還是自己。」

馬小雅朝駱以茜潑冷水已經是一種慣性，每次只要她一頭熱的時候，馬小雅就會適時朝她潑下一大桶冷水，然後駱以茜才能冷靜下來思考。

駱以茜覺得，馬小雅雖然毒舌，但很多時候，她其實是很關心自己的。

「是嗎？」她被馬小雅說服了八成，但還不死心，氣勢很弱地掙扎了一下。「但我覺得他說得很真誠啊。」

「男人臉上的真誠能當飯吃嗎？那些腳踏好幾條船的花花公子在哄騙無知少女時，哪一個人的臉上不是露出『我對妳最真心』、『沒有妳我會死』的表情？」

馬小雅哼了哼，又不屑地說：「沒打算跟妳過一生一世的男人，妳最好不要相信他臉上的狗屁真誠。誰知道這種人會不會轉身就拿同樣的招術去對付別的女人？駱以茜，妳已經二十六歲了，不要再像十六歲時一樣，還抱著公主跟王子的童話故事幻想。這年頭，王子老的老、禿的禿、劈腿的劈腿，妳也早該醒醒了。更何況，妳並不是公主啊……」

大概因為馬小雅的一席狠話，駱以茜原本春心盪漾的少女心，就這麼硬生生被拉回現實裡，再也盪漾不起來了。

晚上洗過澡後，她一邊用毛巾擦著濕漉漉的頭髮，一邊上網逛購物網站。

爸媽要到明天才會回來，今晚家裡就她一個人留守，怪寂寞的。

屋子裡好安靜，令人隱約覺得孤單。

她突然懷念起老爹的囉唆跟老媽的嘮叨。

馬小雅今晚必定又化身為夜店女王，拉著男朋友出門瘋整個晚上，根本沒空理會自己。

她百無聊賴的打開手機的「四朵花」群組，發現白天在群組裡丟的笑臉貼圖雖然大家都已讀，但卻沒人回應。

「真小氣！回個笑臉是會死喔？沒義氣的死黨們，我當初到底為什麼會瞎了眼跟她們稱姊道妹、肝膽相照啊？」

雖然碎碎唸，但駱以茜還不死心，又在群組裡說話了。

小茜：姊好孤單寂寞冷啊！有沒有哪位有空陪我說說話？

訊息丟出去之後，駱以茜想，反正一定石沉大海，也就沒抱多大的希望奢求有人回應。

沒想到，不到半分鐘，居然有人回覆了。

她精神一振，滑開手機一看……

甜姊兒：在跟男朋友逛街呢，沒空。

巧愛：我跟我家男人正在百貨公司挑禮物。他死黨要結婚了，我們要挑實用的東西送人家當賀禮，忙著呢！

小星：我跟我家那口子在吵架！正考慮是要拿鐵鎚打他，還是拿電擊棒電他，沒空理妳。妳乖，去一旁玩吧……

小茜：……

看到姊妹們的回應，駱以茜瞬間無力地丟開手機，心情更沮喪了。

唉，沒男朋友真的很無聊啊，連想找個人吵架都沒對象，好像孤魂野鬼一樣。

就連逛購物網站也不能滿足心靈的空虛。

以前她超喜歡逛購物網站打發時間，每次逛下來，總是不小心買了好多沒什麼用處的商品。先前從高雄搬回台北時，她送出許多一時衝動買下卻沒拆封過的商品給朋友和同學們。巧愛跟甜姊兒，還有小星都領到了這些戰利品，結果她們非但沒感激，還很沒良心的要她「多多益善」。

才剛想要關掉電腦去看電視，駱以茜的手機又響了一聲短促的鈴聲。是簡訊的聲音。

她拿起手機一看，心頭一震。居然是小羊傳過來的訊息。

他問她：「朋友從國外來，妳有沒有可以推薦的餐廳？」

駱以茜反覆看著那段文字幾遍，才克制住激動的情緒，冷靜回傳訊息問他對方是男是女？交情如何？重視氣氛還是餐點精緻度？

傳出訊息後，她更加緊張，幾乎每五秒就看螢幕一眼，死盯著手機不放，生怕漏掉對方回傳的訊息。

大約等了幾分鐘，小羊的簡訊又傳過來了。

「男的，商業夥伴。男生重視的應該不是氣氛也不是餐點的精緻度，而是共餐的對象吧。」

看著小羊的訊息，駱以茜想了一下，篩選了一家餐廳的店名和地址給他。

小羊很快回訊，訊息裡只有兩個字：「謝謝。」

即使回應簡單，駱以茜還是很開心。她覺得今天真是幸運日，白天在河濱公園遇到小羊，晚上，他又主動傳訊息問她推薦餐廳的事……一天兩次交集，一定是月老在幫他們牽線的關係吧！

然後她異想天開地想著，要不，下回她再去月老廟幫小羊也求一條姻緣線，綁在他的手腕上，這樣月老就能省點事，直接把他們兩個人的紅線綁在一起，也不用辛苦地牽線來牽線去了。

星期一早上，駱以茜睡晚了，衝進公司時已經八點五十八分。雖然公司規制九點上班，但王祕書規定她要提早在八點半到班。

之前她都能準時到辦公室，但大概是因為這個週末巧遇了小羊，又跟他互通了簡訊，甚至昨天晚上小羊還把她加入他的 LINE 裡，還傳了張可愛的貼圖向她打招呼，所以昨晚她整個情緒都很亢奮。

雖然她很快回訊，但小羊可能在忙，所以已讀不回。

不過駱以茜並不在意。她很開心小羊把自己加入通訊朋友名單裡。

結果整個晚上光忙著開心，瞌睡蟲也被她趕到一旁去，沒來找她泡茶聊天。一直到天快亮時，她才昏昏沉沉地睡去。

等驚醒時一看，時間已經快要八點了！她找不到放在床頭旁的鬧鐘，四下搜尋，才在床底下發現那個已經支離破碎的 Hello Kitty 鬧鐘的「殘骸」，想來應該是睡得迷糊時，把響個不停的鬧鐘掃到床底下去了吧。

來不及為這限量版鬧鐘哀悼，她急急忙忙跳下床快速梳洗，連早餐都沒吃，直接衝出門去趕公車。

進辦公室後，即使駱以茜的神經再怎麼大條，也不難察覺平日向來熱鬧的辦公室，今天意外的安靜。每個人都乖乖地坐在座位上，一副專心工作、不辱使命的認真模樣。

刷完上班指紋機後，駱以茜迅速回到自己的位置，一邊脫外套，一邊偷偷問隔壁的林雨菲，「今天大家是怎麼了？」

「老闆一早就來公司了。」

「老闆？」駱以茜有些意外。自她進公司後，還沒見過老闆一面。聽同事說老闆是個年輕又多金的男人，重點是……單身，沒有女朋友。

「他來幹嘛？」她又問。

「今天好像有個重要的客戶要過來拜訪。」林雨菲聳聳肩，又補充，「我也只是聽說的，不知道消息準不準確。」

「老闆很凶嗎？」

駱以茜又環顧了一圈悄然無聲的辦公室，再好奇地注視林雨菲那張笑咪咪的臉孔，疑惑地問。

「我是不覺得啊。」林雨菲又聳肩，從包包裡掏出一顆巨大的菠蘿麵包，問道：「要不要吃一點？我昨天去賣場買的，奶酥口味喔。」

「好啊。」駱以茜喜出望外，「我早上睡過頭了，趕著來上班還沒吃早餐呢。」

林雨菲剝了一半的麵包分給她，笑嘻嘻地說：「哪，這給妳，吃不夠再跟我說，我還有一顆紅豆口味的。」

駱以茜睜大眼，語帶驚嘆，「妳的食量也太驚人了吧！」

「我老公說，我的胃是宇宙黑洞，不管裝什麼東西進去，永遠都填不滿。」

「重點是，妳還吃不胖。」駱以茜哀怨地看著她，用一臉「世界真不公平」的表情抱怨，「妳不說，沒人會相信妳已經有一個三歲的孩子了。比起來，我的身材反而比較像生過小孩的樣子。」

「哪會？妳這樣才剛剛好吧！要我是男人，一定會比較喜歡像妳這樣的身材，凹凸有致。我老公就嫌我太瘦，該有的地方全沒有，看起來像發育不良的樣子。」

她哀怨的語氣把駱以茜逗笑。她實在是太喜歡林雨菲的個性了，超級樂天，又很會照顧人，難怪她老公會這麼愛她。

兩個人邊吃麵包，邊說說笑笑。

林雨菲買的菠蘿麵包實在是太好吃了，奶酥口味又剛好是駱以茜喜歡的，她一口接著一口的大口咬著，嘴裡都是奶酥的香氣。駱以茜覺得，這一刻自己真的好幸福。

不過，幸福的時刻總是特別短暫，就在她咬下第五口麵包，還來不及咀嚼的同時，王祕書不知道從哪裡冒出來，一聲不響站在她身後。

她反應慢，又無感，渾然不覺。還是林雨菲對她擠眉弄眼，才察覺出異樣。

但是已經來不及了！

駱以茜回頭時，映入眼簾的，就是王祕書一臉快要氣炸的模樣，還有站在她身旁的……小羊？

還來不及吞掉嘴裡的麵包，駱以茜就跳了起來，一臉又驚又喜，看著站在王祕書身旁的楊允程，喜形於色地揚高語調，「小羊，你怎麼會在這裡？」

居然是小羊！莫非他是來應徵，或是來洽公的？啊，對了，林雨菲不是說今天有人要來拜訪老闆嗎？難道這個客人就是小羊？

真是太令人意外了，她怎麼就這麼幸運呢？一定是月老的紅線發威啊！能「狹路相逢」，哈哈哈，真是太幸運了！

聽見駱以茜的稱呼，楊允程的嘴角只是淡淡揚了揚，沒說話。

倒是王祕書忍不住大聲清了清喉嚨，示意駱以茜安靜些。

但向來粗神經的她哪看得懂這番暗示啊！眼睛望著楊允程，滿腦子都被這意外的巧合給佔滿了，根本就注意不到除了楊允程以外的事物。

「小羊，你是來洽公嗎？還是……應徵？」見他沒說話，駱以茜又不死心追問。

林雨菲在一旁實在看不下去，偷偷扯了扯駱以茜的衣角，但被她用一臉莫名其妙的表情瞟了一眼。

王祕書的忍耐已經到達極限了，她再度清了清喉嚨，硬梆梆地說：「駱以茜，這位是我們的老闆，楊先生。」

老、老闆？

駱以茜覺得自己的下巴都掉到地上去了……

經過早上的震撼教育後，一整天下來，駱以茜的心情都處於伸手不見五指的暗黑狀態。

小羊居然是她老闆！這會不會太戲劇性了？

根據她多年來鑽研言情小說及追看電視劇後得到的結論是：通常公司大老闆的情人，百分之九十九都是跟在他身旁的祕書。

也就是說，王祕書很有可能就是小羊沒有公開的地下情人！日久生情，有沒有？近水樓台先得月，有沒有？眾裡尋他千百度，驀然回首，那人卻在燈火闌珊處，有沒有？

駱以茜的腦袋裡隨即上演了一齣老闆與女祕書的小劇場：小羊坐在董事長椅上，手拿著一份卷宗，而王祕書站在他身旁，彎著腰，貼近小羊耳側，解說卷宗上的項目細節。王祕書的身上散發出淡淡香水味，小羊聞著聞著意亂神迷起來，忽然一把握住王祕書的手，將她拉進自己的懷裡，兩個人的臉就這麼越貼越近、越貼越近……

……啊！駱以茜覺得自己快要瘋掉了。

她曾經一度以為自己跟楊允程很有緣分，但她不知道他們居然「有緣」到這種地步，他竟然是自己的老闆……這種上司與下屬的緣分，誰想要啊？

駱以茜深深感覺，自己跟小羊真的是沒戲唱了，好悲慘！

「妳跟我們老闆很熟啊？」

中午吃飯時，一肚子好奇心，但忍了一個早上都沒出聲發問的林雨菲，終於還是忍不住開口詢問她。

駱以茜情緒很低落，點點頭，又搖搖頭。

「又點頭又搖頭是怎樣？到底熟不熟？」

「不算熟，只聊過幾次。」

「但我看你們兩個人好像挺熟的啊。」林雨菲盯著她看，一雙眼亮晶晶，彷彿八卦魂熊熊燃燒，「妳叫他『小楊』耶，我們都知道老闆姓楊，但只有妳叫他小楊欸。」

「不是姓氏的那個楊，是羊咩咩的『羊』。他說那是他的小名，他媽媽都這樣叫他的。」

林雨菲的眼睛又亮了亮，「妳居然連他媽媽怎麼叫他都知道，還說你們兩個人不熟！鬼才相信妳說的話呢。」

「是真的。」駱以茜用筷子在沒吃兩口的飯盒裡戳飯粒，一下又一下，很是心煩意亂。

她居然還當著小羊面猛吃菠蘿麵包！吃得毫無形象。一直到小羊離開後，林雨菲才從她嘴角旁刮下一顆不知道黏在她臉上多久的奶酥碎塊。當她盯著那塊奶酥碎塊時，腦中頓時萌生出「丟臉到好想死」的念頭。

這一切，小羊一定都看進眼裡了。

他一定對她的印象很差吧？在上班時間偷吃麵包還被當場抓包，不但偷吃還忘了擦嘴巴，哪個老闆會對這樣的員工有好印象啊？

林雨菲見她那副死氣沉沉、要死不活的模樣，心裡多少也有底，心想她必定還在懊惱早上偷吃麵包被老闆看見的事。不過林雨菲覺得事情真的不嚴重啊，她就常常在上班時偷吃東西，之前也被部門主管抓包過好幾次，但每一次都沒事，真不懂駱以茜為什麼要那麼在意這種小事？

「喂，真的沒事啦，妳不要擔心，老闆不會因為這種小事就扣妳年終或資遣妳的，真的。」拍拍她的肩膀，林雨菲安慰地說：「更何況妳跟老闆是舊識，我想老闆一定會念舊情的。」

駱以茜悶悶地嘆了口氣。唉，林雨菲不懂哇！她才不在意被小羊看到自己偷吃東西的樣子，而是她深深惋惜著，她跟小羊恐怕緣分已盡，可能再也沒戲唱了啊！

楊允程也很意外會在公司見到駱以茜。看見她的那一瞬間，他還以為是自己的錯覺。當時駱以茜正在嚼麵包，像個孩子似的吃得很開心，嘴角沾上麵包內餡的碎碴。

她看見他時，臉上有掩飾不住的驚喜笑容。楊允程注意到辦公室的所有人都朝他們這個方向看過來，有些人還交頭接耳的竊竊私語。

王祕書後來才告訴他，駱以茜就是當初魏董堅持要安插進來的人。

他還記得在那次的董事會上，為此他跟魏董大吵了一架。他說公司需要的是有實力的人才，不是靠關係進來的廢物。

但魏董回他，「她不進來，你怎麼知道人家有沒有實力？」

楊允程不想跟魏董撕破臉。他知道，再怎麼公私分明，也難免講人情。魏董從來沒拜託過自己什麼事，對於他所做的任何決定，向來也都體諒與支持。這是他第一次堅持要安插人進公司。魏董說，對方是好朋友的女兒，國立大學國貿系畢業，學歷沒問題，品性操守也可以掛保證，還說這女孩是他從小看到大的，人很聰明又機靈，個性善良、沒心機，稍加琢磨，一定發光。

楊允程被他煩得受不了，放話說：「隨你便！總之，別弄個人來公司亂搞，要是被我抓到她的缺失，一定嚴辦。到時若是逼不得已要辭退她，你也不能怪我了。」

魏董二話不說，一口答應。

之後他就沒再過問這件事，全權交由王祕書去處理。

而那個當初他極力反對的女孩子，原來就是駱以茜！

楊允程此刻心裡慶幸地想著，好在當初自己沒有堅決反對。

中午，楊允程帶著王祕書和馬來西亞來的江總，一起到駱以茜推薦的餐廳用餐。

那是間中式餐館。在駱以茜向他推薦過後，楊允程又上她的部落格搜尋了一下，找到她推薦的文章。文章裡，她特別強調他們的辣炒海瓜子、蒜香白蝦，還有餐館特製的烏梅湯，都是非吃不可的必點菜色。

楊允程按著建議點了好幾道菜，當然沒漏掉辣炒海瓜子跟蒜香白蝦。結果江總一吃讚不絕口，在喝了冰涼烏梅湯後，又直說烏梅湯配上辣炒海瓜子，真是絕配，還再三表示下次要帶太太來嚐嚐這間餐館的美食。

楊允程心想，駱以茜真是厲害，介紹了這麼一家看似不起眼，但料理方面卻實力驚人的好餐廳。託她的福，江總吃得很開心，無形之中，也替公司的業務加分不少。

吃過午餐，楊允程堅持送江總去機場。他讓王祕書先回去，又想起駱以茜在文章中的描述，似乎挺喜歡喝這家的特製烏梅湯，於是便外帶了一罐大瓶裝的烏梅湯，囑咐王祕書幫他拿回去轉交給駱以茜。

王祕書用狐疑的眼神看著他。

「這間餐館是駱以茜推薦的，還特別強調不可錯過烏梅湯，所以我猜，她應該很喜歡這裡的烏梅湯。妳幫我把這瓶拿回去送她，就說是我感謝她的小禮物。」

王祕書理解的點頭，招了輛計程車回公司去了。

送江總去機場後，回程的車上，楊允程不經意想到早上駱以茜看見他時那興奮的笑容，還有得知他是公司負責人時，瞬間震驚的詫異表情，不自覺嘴角失笑。

這個駱以茜，果真像魏董說的一樣，是個沒什麼心機的女孩，什麼心事都能在她臉上一覽無遺。看見她，讓他想到神經很大條的老同學許維婷。

但一想到許維婷，免不了又想起周曉霖……

距離疏遠了思念。雖然現在的他對周曉霖還是不能忘情，但更多的是祝福。她是他永遠不可得的夢，而他真心希望她能幸福，即使在她身旁的人不是自己，他仍衷心期盼。只有她幸福了，他才能安心。

上星期周曉霖打電話給他，告知要結婚的消息。問他能不能把那天的時間空出來，去他們的婚宴上沾沾喜氣。

他的心裡有點酸，但還是一笑而過。

他故意開玩笑地問她：「對象沒變嗎？妳怎麼這輩子就只愛那個男人，都不膩嗎？妳真該多愛幾個人的，沒有看盡這個世界、嚐盡更多男人的溫柔體貼之前，怎麼就甘心這麼被綁住了？」

「李孟奕就是我的全世界啊。」

周曉霖不知何時也學會噁心巴拉的說話了，她不是向來都最正經八百的嗎？一定是被李孟奕那小子給帶壞的。

「而且，就算其他男人再溫柔體貼，只要不是李孟奕，我還是不會心動啊。」

這番話，甜得讓楊允程忍不住耳朵癢。這對戀人啊，怎麼老是這麼恩愛？

像這樣大聲向旁人宣布幸福的行為雖然有點討人厭，但楊允程也好想要擁有。他也很想當某個人的全世界啊！

下午，駱以茜送報表進去王祕書的辦公室時，看著對方遞給自己的烏梅湯，一臉疑惑。

「老闆送妳的。」王祕書的臉上沒有任何表情，語氣淡淡的，不帶任何溫度。「他說要感謝妳推薦餐廳，他跟江總都很滿意。」

駱以茜傻了，說不出心裡的複雜感受，好像有一點開心，又有一點不知所措。但她更不明白的是楊允程為什麼會選擇送自己烏梅湯。

似乎是看懂了她的疑慮，王祕書又說：「他說妳好像很喜歡那間餐廳的烏梅湯，所以買了一瓶，讓我拿回來給妳。」

頓了一下，又開口提醒，「晚點妳打通電話謝謝老闆吧，他從來沒這麼對員工這麼在意過。」

王祕書語氣裡是不是有醋意啊？駱以西睜大眼盯著她，可惜王祕書向來喜怒不形於色，總板著一張臉，從她的臉上看不出什麼端倪來。

私事交代完畢，王祕書又吩咐了一些公事，讓駱以茜在下班之前做好幾份數據柱狀圖。

拎著烏梅湯走出祕書室，駱以茜一路心不在焉地飄回自己的位置。勉強打起精神來做柱狀圖，但也許是心裡有事，居然把數據全打錯了。檔案傳給王祕書後，又被退回來重做。

她再做！但再錯！

錯第三次時，王祕書實在忍無可忍了，把她叫進去，關起門來唸了一頓，要她今天一定要把圖表做好了才能下班。那份文件是要送上去給老闆看的，過程中還要送交各個相關部門主管過目蓋章，層層上呈，若在她這一關就卡住或拖延時間，後面的人要怎麼做事！

駱以茜被唸到頭都抬不起來。她也不知道自己今天到底是怎麼了，自出社會之後，從來沒在工作上出過什麼大差錯，像這樣被主管狠狠責備，還是生平第一次。

再回到座位時，已經是下班時間。公司不流行加班文化，一到下班時間大家就紛紛關掉電腦，快樂地跟同事道別回家。

「妳還不下班？」

林雨菲整理好桌面又關好電腦後，才發現駱以茜還握著滑鼠，對著電腦螢幕努力工作。

「今天要把這份數據圖做完。我剛才一直打錯，王姊都快抓狂了。」駱以茜朝她無奈地笑了笑。

專心投入工作，真的可以摒除心裡紛亂的雜念，心情也不再那麼患得患失。難怪很多失戀的人會突然變身成工作狂，用大量的工作來麻醉自己受傷的心靈……

「哇，那還要做多久？」林雨菲把上肩的肩包又拿下來，很有同事愛地說：「還是我留下來陪妳吧。」

駱以茜知道她下班後還要去婆婆家接小孩，連忙催她回家。

「我就快好了，妳不用等我啦。快回去、快回去，妳家小米豆還在等妳呢。」

被駱以茜趕了兩次，林雨菲只好抓起包包，下班回家了。

同事離開後，駱以茜又一頭埋進工作裡。不過多久她的肚子就餓得咕嚕咕嚕叫，叫得她都快被吵死了，想著是不是該吃點什麼東西來墊墊胃……翻了一下抽屜，什麼食物也沒有，再一抬頭，就看到那瓶烏梅湯。

有什麼吃什麼，她開瓶插上吸管後就喝了起來……果然是她喜歡的味道，酸酸甜甜的，像暗戀的感覺！

咦，暗戀？

莫非這是老闆想要對她表白心意？因為說不出口，所以送來烏梅湯，讓她自己去禪悟？她忍不住心猿意馬的妄想起來。

不過白日夢只作了一秒鐘，馬上就清醒過來了。唉，不過就是一瓶烏梅湯，也能令她在腦袋裡上演花癡小劇情……根本就是妄想症呀？

自導自演又潑完自己冷水後，她在心裡默默告誡自己，若是再不加把勁趕工作，今晚可能會做不完的！

她雖然熱愛工作，但也沒愛到想把公司當成家的地步。而且肚子正餓著呢，得趕快做完工作、趕快下班，回家吃媽媽煮的愛心晚餐！

一想到晚餐，她的人生馬上閃耀起充滿希望的萬丈光芒，於是又幹勁十足的再度投入工作裡。

正忙得起勁時，身後突然傳來一陣聲音。

「還沒下班？」

駱以茜聞聲回頭，看到楊允程一臉笑意地站在她身後。

一下子，駱以茜又呆了。

「是、是啊。」

楞了兩秒鐘，她才緊張地回答。忽然想到楊允程是老闆，坐著跟老闆說話似乎很不得體，連忙站起來。但動作太匆忙，穿著高跟鞋的右腳拐了一下……好痛！

她忍住痛，沒叫出聲，但眉頭卻不受控制地皺了皺。

細微的表情變化全被楊允程看進眼底。他心想，自己又不是暴君，她這麼小心翼翼是在顧忌什麼？

「沒事吧？」他的目光看向她的腳。

駱以茜慌忙搖手，「呃，沒事沒事！」伴隨一個傻呼呼的笑。

「趕快下班吧，沒做完的工作明天再做。」楊允程指指牆上的時鐘，露出溫煦的微笑。「都快七點，妳也該吃晚餐了。我可不想當個苛刻員工的壞老闆。」

「我快做好了。」駱以茜喜歡今日事今日畢，事情沒做完，她掛在心頭，晚上反而會睡不好，好像有什麼事老在心底搔癢一樣，不舒服。

說完，她又一屁股坐回椅子上，繼續未完成的工作，把楊允程晾在一旁。

在駱以茜身後站了一會兒，楊允程才轉身離開，走進王祕書的辦公室。

早上他來公司時，王祕書拿了份業務經理的新業務企畫書給他。後來急著要去見江總，他走得匆忙，便把企畫書忘在辦公室裡。剛才突然想起企畫書，忙打電話給王祕書，幸好她還在公司裡，於是他就來了。

進公司時，整間辦公室裡的人都下班了，他很滿意。他向來不喜歡加班工作的員工，比起工作，生活裡應該還有更多更重要的事要注重，譬如家人，譬如孩子，譬如男女朋友。

辦公室的燈關得差不多了，只剩靠近祕書室的那兩盞日光燈還亮著。而他走近時，卻發現駱以茜居然還坐在座位上。

楊允程的心裡滑過一絲奇異的感受，像是疑惑，又像是有些開心。

但駱以茜見到他時的表情該怎麼形容……嗯，誠惶誠恐？

他有這麼可怕嗎？

走進王祕書的辦公室時，他發現王祕書也正對著電腦螢幕忙個不停。

怎麼現在的女人都這麼熱愛工作？莫非是家庭不溫暖？

王祕書是慣犯，常常背著他偷偷加班，已經被他抓包過好幾次了，每次催她下班，她總是說：「快好了、快好了，老闆，你不要再催我了。」但講完，埋頭下去又是一、兩個鐘頭。

楊允程總拿她沒轍。

之前他問過許維婷，該怎麼解決這種員工愛加班的問題？許維婷說，幫她找個男朋友，問題就自然解決了。

他覺得這真是個好辦法，但是一時之間，不知道要去哪裡找個男人來收伏王祕書。

許維婷自作聰明地提議，「其實，你可以把自己當作是人選。」

「我不是她的菜，她也不是我的，我們不適合。」

「沒試過，怎麼知道適不適合？你這個人就是喜歡預設立場，才會到現在身邊連個伴也沒有。」許維婷哼了哼，又說：「奇怪了，你不是國中時就談過戀愛了？又不是沒談過戀愛的男人，怎麼越老越固執？」

「我這叫慎重其事好嗎？」楊允程聲明。

許維婷吐槽回來，「是龜毛吧！」

「哎，妳不懂。」

「我是不懂沒錯，不過我懂的是，你要是再這麼慎重其事下去，很快就會人老珠黃了。」

「『人老珠黃』這句成語不是用在男人身上的好嗎？許小姐。」

「哎唷，差不多啦，現在已經是男女平等的時代了，都一樣啦！」

很不一樣的，好嗎？許維婷小姐！妳這麼沒神經的活在這個世界上，能生存到現在，還真是奇蹟呢！

「駱以茜怎麼還不下班？我看她好像在做柱狀圖。」一進祕書室，楊允程就問。

王祕書聽見他的聲音，馬上站起來，從桌上拿起那份業務企畫書，交到他手上。

「我讓她把這一季的行銷數據柱狀圖做出來。她前兩次都做錯，我退回去讓她重做。」

「又不趕時間，明天再做也是一樣。」

「就差那麼一點，其他部分她都做好了，就是數據柱狀圖沒完成。總經理明天想看到報表，所以我才會要駱以茜趕工的。」王祕書頓了頓，又說：「其實以茜她平常工作很認真，只是今天不知道怎麼了，有點心不在焉。老闆，你不要怪她，我會找機會好好跟她說一說，不會讓她再這樣了。」

楊允程才沒有責怪的意思呢，他只是不希望員工花太多時間在工作上而已。

「妳呢，忙完了沒？忙完了就趕快下班，不重要的工作留到明天再做就好了，反正又沒有人會搶著幫妳做。」

王祕書笑了笑回答，「我今天的工作已經告一段落了，但以茜還沒下班，放她一個女孩子在公司裡，我也不放心，所以就在這裡等著。待會兒等她下班了，我也該回家了。」

王祕書其實是個好女孩，工作認真，效率又好，交代給她的事，她都能如期完成，從來沒讓楊允程傷過腦筋。雖然她在公司裡向來不會與其他同事特別交際，總是一個人獨來獨往，不過因為她可以直接向他匯報，所以很多公司裡的大小事情，他都直接問她，她也都會據實以告。其他同事工作上的疏失，常常是她私底下來幫忙求情，卻從來沒讓當事人知道她曾經暗地裡出過力。她總說，不想讓別人覺得欠她人情。

楊允程很欣賞她的俠女風範。在人前，她總扮黑臉，遇到同仁工作上的過錯，她會私下板著臉糾正；在人後，她又要忙著去跟老闆求情，請老闆從輕發落。

「妳這樣不行啊，明明我是老闆，結果反而妳比我還盡心盡力。」楊允程開玩笑地說：「我看我得趕緊幫妳找個男朋友了，不能老讓妳以公司為家，否則我這個董事長的位置就真的要岌岌可危啦。」

這時，駱以茜走到門外，敲了敲沒有關上的房門，探頭進來，先對楊允程點點頭，喊了聲「董事長」後，又看著王祕書，說：「王姊，我已經把報表檔案重新寄到妳信箱了。妳放心，這次我有仔細檢查過，應該沒有錯了。」

王祕書點點頭，說了句，「妳辛苦了。」

「那我……可以下班了嗎？」駱以茜覺得自己快要餓死了，肚子咕嚕咕嚕的越叫越不像話。

「好，妳先下班，路上小心。」

回答她的是楊允程。

他一說完，駱以茜就如獲大赦般笑了，蹦蹦跳跳回自己的位置去收拾東西。

「妳也下班吧。」見她離開，楊允程又回頭對著馬上想要檢查郵件的王祕書說：「要我留下來陪妳關門嗎？」

其實他比較想追出去問駱以茜要不要以朋友的身分，跟自己一起去吃晚餐？他覺得肚子很餓，可是不知道要吃什麼，她是美食達人，一定可以給他出一個好建議。

「不用，我要再一下才能走。報表如果在今天完成，明天就可以一早印出來交給總經理了。」王祕書一工作就六親不認，朝楊允程擺擺手，眼睛盯著電腦螢幕，嘴裡下逐客令，「你先回去好了，反正樓下有保全，很安全的。」

楊允程懶得再勸她，勸了也沒用，白費力氣。於是他說：「隨便看一看就好，工作那麼認真，我也不一定會給妳加薪，還是早點回家比較實在！」

「知道了。」

「那我先走了啊。」

「好。」

「半個小時內一定要離開辦公室，我會再打電話來問保全。要是妳還不走，我就讓保全上來趕人，聽見沒？」

「聽見了。」

嘴裡是這麼回答，不過楊允程感覺，她根本就是在敷衍。

他走出祕書室，眼睛忙搜尋著駱以茜，可是偌大的職員辦公室裡，已經不見她的身影了。

快步走出去，就見電梯間裡剛好有部電梯正要關門。他衝過去按住電梯鍵，電梯門又緩緩打開。

看見駱以茜站在電梯裡，楊允程的心情不由得愉快了起來。他裝做若無其事地走進去，駱以茜看見他，朝電梯內側挪了挪身子。

「董事長。」禮貌而客套的稱呼方式，讓楊允程忍不住皺了皺眉。

他還是喜歡她活力十足，開心地叫他「小羊」的模樣。

「叫小羊。」他說。

「啊？」

駱以茜睜圓了眼看他。眼睛水亮水亮的，楊允程的心頭彷彿被電了一下。

「不要叫我董事長，我不習慣。」楊允程又說。

可是她明明就聽到王祕書都叫他「老闆」什麼的，他也很適應人家這麼稱呼自己啊，看不出來他不習慣在哪裡。

「喔。」駱以茜應了應，還是叫不出口。

從早上知道他的真實身分後，她突然覺得兩人之間，彷彿多了道高聳的牆，隔閡了彼此。

她看他的眼神，也變得不一樣了。

好像再也沒辦法那麼單純的跟他聊天了，因為他是她的老闆。這樣的身分差異，讓她很尷尬。

假如今天他是別間公司的大老闆，她或許只會驚訝，但依然能跟他以朋友的方式交談往來，可偏偏他是自己的頂頭上司，這樣的關係好像複雜許多。

停了一下，楊允程又開口問：「妳要回家了嗎？」

「嗯，對啊。」駱以茜回答。

「我剛好要去妳家附近找個客戶……要不，我開車送妳回家吧，反正順路。」

「你怎麼知道我家在哪裡？」她一楞。

「不就在簡餐店附近嗎？」他一副理所當然的樣子。

其實早上一得知駱以茜是公司的新進員工時，他馬上跟王祕書要了她的個人資料。王祕書用狐疑的眼神瞪著他，因為他向來不大看基層員工檔案的。楊允程被她看得尷尬了，就用「我有權知道這個被關說進來的員工背景來歷」的理由來合理化，勉強把事情帶過。

然後，他記下了駱以茜家的地址。

「呃……」

見她還在猶豫時，楊允程又開口了，「現在這時段路上的車塞得很嚴重，公車上又人擠人，我們公司離捷運站也有一段距離……反正我正好順路，就載妳一程吧。」

確實，現在正好是下班跟吃晚餐的尖峰時段，街頭到處都是人，到處都交通打結，她等個公車再塞個車，回到家最快也要八點半。如果有人載的話，可以省掉等公車的時間，也可以避開車潮多的路段，確實是能提早到家。

更何況，剛才用腦過度，現在肚子好餓，她也想早點回家吃晚餐。

於是她也不再拒絕，朝楊允程點點頭說了聲，「好，謝謝董……呃，小……小羊……」

楊允程心裡狂喜，但表情仍然從容，領著她來到地下停車場，走到一輛銀色轎車旁。楊允程解開車鎖後，幫她開了副駕駛座的車門，用手護著她的頭，讓她坐進車裡去。

駱以茜突然有種「我是公主」的錯覺。這是她二十六個年頭來，第一次有男生幫她開車門，還用這麼小心翼翼，擔心她會碰撞到的保護方式，護著她坐進車子裡……她那顆粉紅色的少女心啊，忍不住又盪漾了起來了。

車子內部空間很大，設備看起來頗具質感，冷氣吹起來溫度剛好，很舒服，他的車上還擺放著很有格調的英文老歌。

駱以茜覺得搭他的車，真是享受。

「妳肚子餓不餓？」

正當她以十分享受的心情，聽著車上的老歌，幻想自己是這輛車的女主人時，楊允程突然出聲詢問。

「啊？」思緒一時間拉不回來，駱以茜臉上的表情顯得有點呆滯。

「我餓了，妳餓不餓？」

都已經七點半了，說不餓，就太假了些，所以駱以茜決定誠實。

「餓。」

「要不要去吃些東西？」

楊允程約人吃飯的方式好直接，單刀直入，一點也不含蓄。

駱以茜抬眼看了他一下，把問題又拋回去，問道：「你想吃什麼？」

「妳吃不吃辣？」

「吃啊。」而且超愛。

「我突然很想吃泰式料理，妳有沒有推薦的口袋名單？最好是別等太久的店，我已經餓到不想再現場候位了。」

楊允程是故意這麼說的。他知道只有這麼說，駱以茜才沒有理由拒絕陪他一起去吃晚餐。駱以茜是美食達人，找一間符合他需求的店家，對她來說不是什麼難事。

果然，她只想了一下下，就說：「我知道有一間泰式料理，店面不大，來客也都是老客人居多，這時間去應該會有位置。不過那家餐廳在巷子裡，你的車子可能開不進去。」

「沒關係，我們可以停在路邊的收費停車格或停車場，走路過去。」

駱以茜點點頭，用手機確認位置，報了餐館地址，讓楊允程用衛星導航定位。

他們到達餐館時，已經快八點了。餐館裡幾乎客滿，幸好翻桌率高，他們只等了幾分鐘就有空桌了。

「對不起啊，我之前來過幾次都有位置，不知道今天怎麼會這麼多客人。」

落座後，在等服務生送菜單來的空檔，駱以茜一臉歉意地對楊允程說。

「沒關係。」他臉上笑容溫和，語氣溫暖，「客人多才表示食物好吃，要是都沒人來捧場，我才真的擔心是不是踩到地雷了呢。」

聽他這麼說，駱以茜本來小小的不安，瞬間放心了。

幸好他不介意。

點餐時，楊允程每道菜都會問駱以茜的意思。基本上，駱以茜是個吃貨，只要是好吃的她全都可以接受，所以只要楊允程問她意見，她一律都點頭說「好」、「可以」、「沒問題」。

結果楊允程就在那一堆「好、可以、沒問題」中，毫不節制地點了十幾道菜。

泰式料理又酸又辣，很好下飯，駱以茜才吃到第四道菜，已經把自己那碗飯吃光了。她素來愛吃米飯，於是又向服務生再加點了一碗飯。

楊允程覺得很有趣，這女孩子在不太熟的男生面前吃東西，居然一點也不矜持。他很少看到女生這麼會吃的，而且她居然還又主動追加了第二碗飯。

這種不拘小節的個性，實在是太可愛了！

看著她辣到滿臉紅通通，捧著飯碗猛扒的樣子，讓楊允程想起很久以前，有那麼一段時間，他總愛約周曉霖出去吃辣。他會先幫周曉霖叫一大碗飯，讓她邊吃辣邊配飯。周曉霖是個不愛吃飯的女生，常常一忙起來就會忘記吃東西，於是他只好用這樣的方式強迫她進食。

但駱以茜根本不用強迫，就能自己吃得津津有味，一口接一口。

楊允程覺得她吃東西的樣子好像很享受，食物在她吃起來彷彿特別美味，胃口不知不覺也跟著好起來了。

不同於其他桌的熱鬧喧騰，兩個人就這麼安安靜靜吃著飯。吃美食會讓人心情愉快，所以即使不說話，彼此之間氣氛仍然很熱絡的。

楊允程留意駱以茜特別喜歡吃哪道菜，只要被她動筷的頻率超過五次以上，他就把整盤菜移到她面前，讓她更方便取用。

大約吃到第八道菜時，駱以茜已經飽了。她撫著肚子，笑嘻嘻說：「你好像叫太多菜了，根本就吃不完。」

楊允程揚揚眉，「會嗎？」

她隨手拿起放在桌角的點菜單，用手指在上面點著數了一下，不由得哇哇叫，「哇，你點了十六道菜耶。」

「我有叫這麼多？」

剛才因為肚子餓，楊允程覺得菜單上每道菜的名字看起來都很可口，只顧著點，根本沒算自己到底叫了多少菜。

「怎麼辦，要不要跟廚師說後面沒做的菜先不要做了？根本就吃不完啊。」

她皺著眉，一臉煩惱的表情，在楊允程看起來也好可愛。

「但這樣很不好意思吧？」嘴裡是這麼說，但他心裡倒是不怎麼憂心。

「可是吃不完，才真的很浪費啊。」駱以茜站起來，「不然我去跟老闆講一下，請他不要再做了。」

一見她站起來，楊允程也急忙站起身，拉住她的手。

「不用了，妳坐下。」他阻止她，「我去跟老闆商量看看。」

於是，他跑去櫃檯跟老闆商量，駱以茜坐在位置上等他。

看著楊允程頎長的背影，她的心情說不出來的複雜。

白天時，她因為知道他是自己老闆，身分有別，心情不好了一整天；現在，她居然跟他像朋友一樣的共進晚餐，還不會沒胃口。

她真不知道自己這種個性到底是太樂觀，還是沒大腦？

沒一會兒，楊允程回來了。他坐下來對駱以茜說：「老闆說後面的菜可以不出。但我覺得人家做生意，遇到像我們這種出爾反爾的客人，恐怕也挺苦惱的，所以乾脆把點過的菜都結了帳。老闆答應我，今天沒出的餐點，我們可以下次再來吃。」

「喔。」駱以茜點點頭。原來還可以這樣啊？

「不過我怕老闆生意太好太忙，不用幾天就會把這件事忘得一乾二淨了，所以……明天妳有沒有空？」

駱以茜的眼睛瞬間又睜圓了。

她當然知道他想幹嘛，不過基於女生該有的含蓄與矜持，還是裝作什麼都不知道。

「怎麼了嗎？」她故作不解的反問。

「明天晚上我們再來，把今天沒吃完的菜色吃一吃，反正錢都付了。」楊允程說完，又問了一次，「妳明天有沒有事？」

駱以茜想起明天是那個沒良心的馬小雅生日，本來打算今晚回去問問她明天有沒有空，請她去高級餐廳吃晚餐——不過她會先聲明，只請壽星而已，免得馬小雅攜家帶眷一起來同歡，那她可就真的要勒緊褲帶，不吃不喝三個月了……

不過古有名訓：計畫永遠趕不上變化。

沒想到楊允程會約她明天一起吃晚餐！啊！真的好為難啊，一邊是友情，一邊是……是什麼來著？好像不是愛情，也不是曖昧之情，那就勉強算是同事之情吧！

駱以茜在心裡小小地掙扎了三秒鐘，決定回家向馬小雅道歉。

在楊允程的注視之下，她嘴邊噙著笑，緩緩搖了搖頭。

「我明天沒事。」

「那我們明天再來把菜吃完，好嗎？」

她點點頭。

「我明天看情況怎麼樣，再跟妳聯絡，確認時間。妳手機號碼沒變吧？」

「沒變。」

楊允程微笑，然後說要送她回家。

坐在楊允程的車上，車子才開五分鐘，她的手機響了！是馬小雅。

駱以茜還在猶豫要不要接電話時，楊允程已經關掉車上的音樂，對她說：「接吧。」

她找不到理由拒絕，只好乖乖按下通話鍵。搗著嘴，原想輕聲跟馬小雅說晚點再回電話，但馬小雅的大嗓門已經響亮地傳來。

「駱以茜，妳人在哪裡？我打妳家電話，妳媽說妳上班去了還沒回家。我打了妳一晚上的電話呢，妳在忙什麼，加班嗎？居然連回通電話給我也不肯。是怎樣？長大了，翅膀硬了，想飛了？」

在密閉又安靜的空間裡，手機聲音效果奇佳，雖然沒開擴音，但她覺得，楊允程應該清楚聽到了馬小雅的獅吼內容。

她的臉頰熱熱的，覺得有點丟臉。馬小雅這麼沒氣質的吼叫聲，根本就像是菜市場賣菜的阿婆，她都不想承認自己有這樣的朋友了。

「我跟朋友在外面，正要回家，等回到家再打電話給妳吧。」駱以茜說完，馬上按掉通話鍵，不給馬小雅再開口的機會。

但是沒兩秒鐘，她的手機又響了，依然是馬小雅。

這回她連接都沒接，直接按掉電話。

然後手機沉默了，馬小雅沒再打來。

楊允程轉頭看了她一眼，用開玩笑的語調對她說：「怎麼了？妳可以跟朋友講電話啊。沒關係，不用在意我，我這個人嘴巴最緊了，通常要過了半年之後，才會開始散布妳的祕密。」

駱以茜忍不住笑出聲。

這時，她的手機傳來了新訊息的提示聲。滑開手機一看，馬小雅在通訊軟體裡丟了個訊息。

馬小雅：小杜要跟我分手！我心情很不好，妳能不能來陪陪我？

哇！這非同小可啊。馬小雅那個人，個性雖然嗆辣豪邁，但是對感情卻很死心眼，她跟小杜戀愛一談五年，雙方父母也見過面，都快要論及婚嫁了，怎麼這會兒突然說要分手？前些日子也沒聽說他們兩個人有什麼不愉快啊。

就算要分手，也不該選在今天分吧？明天可是馬小雅的生日呢！小杜平常看起來穩重，怎麼做起事來卻這麼狠心呢？

駱以茜本來打算回訊息問她現在人在哪裡，自己馬上就趕過去，但事發突然，她心慌意亂得打不了字，乾脆直接撥電話給馬小雅。

電話才響，馬小雅就接起來了。

「妳在哪裡？」駱以茜問。

「在我家路口的超商，我買了兩手啤酒，妳要過來陪我喝嗎？」

「妳等我，我馬上到。」駱以茜說完，又補充了一句，「乖乖在那裡等我，千萬別亂跑，也不可以做傻事，聽到沒？」

馬小雅沒回答，只說：「妳趕快來陪我。」

嘆了口氣，駱以茜請楊允程改送她到馬小雅說的地點。

楊允程體貼的說了句「好」，車子一個轉彎，便往她指示的方向趕過去。

他什麼話也沒問，一路上兩個人都很沉默。

已經沒了共進晚餐時的悠閒心情，駱以茜很擔心馬小雅的情況，整個人心亂如麻。有幾次她拿起手機，想立刻打電話給小杜。她想要問問他，現在到底是什麼狀況？有什麼事情不能好好說，非要鬧分手不可？

但礙於一旁坐著老闆，她怕萬一真的打給小杜，小杜給的答案又是她沒辦法接受的，她說不定會忍不住失態、大暴走……為了不嚇到別人，她只好竭盡所能的忍耐克制。

大約二十分鐘後，他們到了馬小雅家路口的超商。

遠遠的，駱以茜就看到坐在超商室外咖啡座上的馬小雅，還有滿桌站站倒倒的啤酒瓶。

哇靠！她會不會喝太多啦？酒量這麼爛，還敢買那麼多酒喝，瘋了是不是？

「老闆，你先走吧，今天晚上謝謝你。」

下車前，駱以茜衷心地向楊允程道謝。今天晚上，她真心感謝楊允程，他請她吃飯，又載她繞了一大段路來找馬小雅，完全沒有半句怨言。

「要我等妳嗎？」楊允程體貼地問。

駱以茜的心裡有點感動。楊允程真是個好人，這還是第一次有男性對她這麼體貼。她只談過一次戀愛，不過那是國中時的事了，男朋友是她的同班同學。初戀很單純，就是純純的喜歡，連手都沒牽過，每天見面只會對著彼此傻笑。

上高中後，他們就因為不同校，不同的生活圈，慢慢淡掉了。

那段無疾而終的初戀，並沒有傷到駱以茜的心。後來她想，大概是因為那時年紀還太小，還不懂得愛的真諦，也沒有把對方放在自己心裡最重要的位置，所以失去時，才沒有太過傷心！

可是，當楊允程詢問是否要等她時，駱以茜的心裡居然滑過一絲悸動。她想，這就是女人對男人動心的感覺吧。

她向楊允程搖了搖頭，說：「我不知道要待多久，你不是還要去見客戶？趕快去、趕快去，不用等我了。晚點我再搭計程車回家。」

楊允程張了張嘴，好像要說些什麼，但最後他只是微笑著叮嚀了一句，「好，那妳自己小心點。」

她說了聲「再見」後迅速下車，頭也不回的往朋友的方向跑過去。

坐在車裡看著她離去的身影，楊允程突然有一點惆悵、一點失落。

難道是因為知道李孟奕跟周曉霖真的要攜手相守一生了，所以他也渴望身旁有個能像他們一樣，不離不棄的伴？或者只是單純感覺到寂寞，想要有個可以聊天，讓他的世界能熱鬧一點的人？

此刻的他有點迷惘。

他只是覺得，跟駱以茜在一起的自己好像特別放鬆，特別開心。他喜歡看她微笑的樣子，也喜歡她水水亮亮的眼睛。在她單純無心機的凝視中，他彷彿看見了天使的影子。

跟她在一起，他不用特別找話題，就像剛才開車過來的路上，就算兩個人都沉默著沒說話，但只要有她陪著，他的心就會覺得飽滿。

這樣的感覺，是喜歡嗎？

他覺得自己好像瘋了。駱以茜跟他說起來並不是很熟。他們見面的次數，一隻手伸出來都數得出，不可能這麼快就喜歡上她呀！

再怎麼說，他也不是年輕的高中、大學生，怎麼可能那麼衝動，立刻愛上一個人？

他不是沒談過戀愛，也不是沒暗戀過別人。中學時的那段初戀，他讓一個愛他的女孩為了自己闖的禍而墮胎，害死了一條無辜的小生命，最後無助地離開他……從那時候起，他就把自己的心封閉起來，不再輕易愛上一個人。

幾年前與周曉霖重逢，那顆禁錮的心再度跳動，但他跟她卻沒有結果。

而現在，為什麼這個看起來單純無害又有點傻氣的女孩子，竟這麼輕易的揪住了他的心？

他不能明白這樣的感覺到底是不是愛。在愛情方面，他的經驗值還不夠。

他需要一個軍師，需要一個能解開他滿腦子謎團的智囊！

掏出手機，他打了通電話給許維婷。

「嗳，這麼巧，我才剛想著這兩天要打電話給你，結果你就自己打來了，好有默契啊，哈哈。」電話才一接通，許維婷的聲音很有活力地傳過來，「怎樣？遇到什麼難題了？快說。」

「妳怎麼知道我有難題？」楊允程驚訝。

「你誰啊，我們之間的交情是假的嗎？你又不是那種沒事會主動打電話跟人長舌的人。你會來找我，一定是遇到什麼棘手的問題，才會這麼做呀！噯，等等，你先不要說，讓我來猜猜你的困擾。嗯……是不是要我陪你去買衣服？」

「買衣服幹嘛？」買衣服這種事，需要找她幫忙嗎？

「當李孟奕跟周曉霖婚禮上最帥的嘉賓啊！」許維婷笑得很興奮，嘻嘻哈哈地說：「哎唷，楊允程，你心機太重了啦，做朋友不能這樣的。雖然你暗戀周曉霖失敗，但也不能這麼陷害李孟奕啊，人家那天可是新郎耶，你怎麼說也要尊重人家男主角嘛！再說，你們國中時也當過幾年的死黨，對吧？人家結婚，你應該要大方祝福才對，不要這麼沒肚量的使小手段，搶新郎的風采！」

「……」

話都是她在講，他的心裡根本就沒這麼想過，好嗎？

許維婷咳了一聲。「不過，雖然我瞧不起你這種使奸招的手段，但基於朋友一場的份上，本姑娘可以大義滅親的陪你去買衣服的，只是有點對不起李孟奕囉！」

「大義滅個屁親啦！」楊允程終於忍不住口出穢言了。「妳不要濫用成語好不好？」

「喂，楊允程，你的脾氣真的很暴躁耶。」

「是誰激起來的？」

「誰啊？是誰啊？」許維婷先是裝傻，隨即又裝出恍然大悟的樣子，說：「啊，我知道了，是李孟奕，對吧？他是你這輩子最沒辦法幹掉的情敵。一定是他，是吧？」

沒辦法溝通了……楊允程深深地嘆了口氣。地球人跟外星人真的是語言不通啊。

許維婷又鬧了一下，才話歸正題，問他到底打來做什麼。

楊允程被她鬧到根本不想理她，只想直接掛電話，但許維婷不准他喊停，強迫他一定要說出自己的心事。她還說，自己最喜歡當人家的心靈導師了。

真是有病！她的強項就是把別人堅強的心靈搞到崩潰啊……

不過楊允程實在是找不到可以諮詢的對象，總不能硬著頭皮打電話給王祕書問這種尷尬的問題吧？他開不了那個口啊。

想來想去，也就只有這個他從不把她當女生看的許維婷可以傾訴了。畢竟兩個人認識的時間這麼久，該丟的臉都丟光了，該出的糗也都出過了，他在她的面前，早就沒什麼尊嚴，也沒什麼自尊包袱。

他一五一十把自己遇到駱以茜的經過、相處情形，還有內心裡小小的掙扎糾結，全都告訴了對方。

「……不可否認的，楊允程，你掉下去了。」許維婷嘖嘖數聲，給了一句莫名其妙的結論。

真有禪意的一句話啊，但誰聽得懂！

「掉到哪裡去了？」他困惑。

「掉到愛情裡去了啦！fall in love，fall in love，你懂不懂？」許維婷像被打敗了一樣的大喊。

「是嗎？」

楊允程抓抓頭，一臉不可思議。他「潔身自愛」了這麼多年，居然這麼輕易的就被一個見面沒超過五次的女生給收伏了，實在很難相信許維婷下的結論。

「不可否認的，一定是。」許維婷語氣堅決、態度肯定的繼續說：「喜歡上一個人，又不是看認識時間長短來決定的。就拿我們來說，你認識我都快二十年了，你也沒愛上我啊！以前你追周曉霖的時候，不是也才知道她這個人沒多久，連話都沒好好說過，就想追她了？」

楊允程一愣。她這麼分析，好像確實是這樣子的沒錯。

「所以，喜不喜歡一個人，不是相處時間的問題，而是心動的瞬間，就能決定你心之所向了。」

正當楊允程在心裡感嘆，才一陣子不見許維婷，她怎麼突然蛻變得這麼文青時，電話那頭的人突然很沒氣質的大笑了幾聲，大言不慚地說：「我是不是說中你的心事了？你是不是忽然崇拜起姊姊我來啦？趕快叫聲『許仙姑』吧，哈哈哈。」

「哈妳個頭啦！」楊允程忍不住翻白眼。可惜許維婷看不到，不然他肯定連翻十個白眼給她看，向她表達內心的鄙夷之意。

他認識的人裡面，大概就數這丫頭最自大、最不要臉。

「不可否認的，你超級沒禮貌。」許維婷說。

「不可否認的，本少爺現在就想掛妳電話了。」楊允程學她的口頭禪。

「你敢！我們逛街買衣服的時間都還沒敲好耶，你敢就這麼掛我電話？」許維婷在另一頭大叫。

「不可否認的，我馬上就要這麼做了！」

說完，楊允程真的掛了她的電話。他可以想像現在她一定在電話那頭一邊叫、一邊跳還一邊很沒口德地咒罵他……

然後，他就笑了。

許維婷，也是他生命裡的另一顆開心果，一顆又吵又鬧讓人好氣又好笑的開心果。

那一邊，楊允程在跟許維婷聊過之後，原本糾結的心情終於不再那麼惱人。他決定把一切交給上天來安排，然後把車子停在一間咖啡店外，下車進去點了杯咖啡，消磨等待的時光。

而這一頭，駱以茜則手忙腳亂地安慰著哭得雙眼腫得像核桃一般的馬小雅。她真不知道該怎麼辦，對於安慰人這一類的事，她向來沒天分。

不過從馬小雅斷斷續續、亂無章法的敘述中，她大致抓到了事情經過。其實馬小雅跟小杜並沒什麼大問題，基本上，整件事都是馬小雅自己一個人捅出的漏子，只是她不知道該如何收尾而已。

因為明天是馬小雅生日，她要小杜請假三天，連同週休的兩天，總共五天的時間，陪她去東海岸渡假。但小杜明天有個很重要的會議要開。他是公司的市場部經理，會議必須由他來主持，部門會議結束後，他還要去跟董事長及總經理匯報開會結果，所以沒辦法請假。

但馬小雅一聽見他不能請假的解釋，瞬間火了。她要他馬上辭掉工作，她會讓她爸在自家公司裡幫小杜安插一個經理職務，薪資可以調得比目前的薪水還高。

但是小杜不肯。他說他喜歡現在的工作，而且他有實力、有人脈，不需要靠關係去女友家的公司。

馬小雅一聽覺得顏面掃地，於是就吵起來了。她說他根本就不重視自己，他愛工作比愛她多。他這樣子，乾脆跟工作談戀愛結婚就好了啊，幹嘛要在一起……

小杜也被她尖銳的言語惹怒了，忍無可忍地丟下了句，「妳真的是太無理取鬧了！」就掛掉她的電話。

接下來，就是駱以茜現在看到的這種狀況了……

老實說，駱以茜也覺得這個閨密的公主病有時候真的很嚴重，很多事其實都是她沒事找事做，自己惹出來的。

但她能說什麼呢？馬小雅的自尊心比喜馬拉雅山還高，即使她給小雅忠告，她還不一定會感謝的聽呢！沒被她反罵到狗頭淋血，已屬萬幸。

然而此刻，馬小雅趴在桌上哭得比孟姜女還淒慘，眼淚鼻涕直流，簡直快把台北一〇一給哭倒了。

「我覺得啊，妳想太多了。」駱以茜一隻手輕輕在馬小雅的背上拍著。她真的覺得這是小題大作。她一邊安撫她，一邊想辦法開導，「而且，小杜也不是故意不陪妳去玩，他是公司真的有事不能請假嘛！有這麼認真工作的好青年當男朋友，妳應該要開心才對啊，那表示他是個負責任的人嘛。」

馬小雅抬起頭，用她那雙紅通通的眼睛瞪了她一眼，撇撇嘴說：「妳到底是站在哪一邊的？不要幫他講話！」然後又趴下去繼續哭。

「我沒有幫他說話，我是就事論事，妳不要這麼偏執。」

馬小雅再次抬頭起來，又瞪了她一眼，以惡霸般的口吻說：「妳到底是來安慰我，還是來指責我的？」

「我是來跟妳講道理的。」駱以茜老實回答。

「我現在需要的是一個可以跟我同仇敵愾罵小杜的戰友，而不是一個倒戈的閨密！」

駱以茜張嘴想說什麼，但最後還是安靜閉起來不吭聲。

馬小雅現在心情正不好，無論跟她說什麼，她都聽不進去。

好吧！她雖然沒辦法當她同仇敵愾的戰友，不過至少她可以當一個安靜陪伴的好閨密……

正想著，駱以茜的手機響了。她掏出手機看了一眼，上面的來電顯示一閃一閃，顯現出「小杜」兩個字。

啊，事件男主角出現啦！

瞥了一眼還在一旁哭得彷彿天崩地裂、萬物皆灰的馬小雅後，駱以茜站起身，走到一旁接電話。

「喂?」

「駱以茜，我是小杜。請問今天晚上小雅有沒有跟妳聯絡?」小杜的口氣聽起來有些緊張。

「怎麼了?」

「她手機關機，我找不到她的人。今天我們吵了一架，她傳簡訊說要跟我分手後就關手機了，我實在找不到她的人才會找妳……對不起，希望沒有打擾妳。」

「沒關係，打擾到我的人不是你。」是那個惡人先告狀的馬小雅啊!

「呃?」

「小杜，馬小雅現在跟我在一起，我們在她家路口的超商。」

小杜一聽，聲音馬上振奮起來。「那妳們可以等我一下嗎?我現在馬上就過去，大約十五分鐘左右就到了。」

「好。」駱以茜答應他，「我們應該還會在這裡坐一會兒，你快過來吧。有什麼誤會還是當面說清楚比較好。」

十五分鐘後小杜風馳電掣地趕過來。馬小雅一看見他，馬上忘了哭，一臉氣憤的表情，像恨不得生吞活剝對方。見小杜走到面前，她馬上撲了過去，朝他拳打腳踢了起來。

小杜也挺耐打的，被馬小雅左一拳、右一腳的打著踢著，一聲也不吭，只是靜靜地看著她。那眼神溫柔得像要滴出水來。

駱以茜在一旁看著，突然羨慕起馬小雅。

羨慕她擁有眼前這個任她打罵的男人，羨慕她有個可以說晚安的對象，羨慕她擁有他的疼愛與寵溺。

看著看著，駱以茜眼睛不知不覺濕潤了。

後來，馬小雅大概是打到沒力氣了，又或者是因為看自己愛著的那個男人怎麼挨打都不還手也不抵擋，自己也心疼了。總之最後她撲進小杜的懷裡，用那雙狠狠揍過他的雙手，緊緊攬抱住對方，在他的胸口狠狠哭了起來。

駱以茜在一旁靜靜看著，知道鬧劇差不多結束了，而她這個專業救火員，似乎也該識相退場了。

她沒有跟他們打招呼，獨自拎著包包，走在通往公車站的紅磚道上，心裡翻騰著飽滿的感動。

途中有幾輛計程車經過她身邊，放慢速度朝她按喇叭，或者搖下車窗問她要不要搭車，但全部都被她搖手拒絕了。

今天晚上她很幸運，見證了一對戀人的離與合。幸好，結局終歸是完美的。

心情很好的夜晚，她只想走走路、吹吹晚風，欣賞一下台北街頭的夜色。

她想看看在霓虹燈閃爍的熱鬧街頭，會不會還有其他浪漫故事發生。

忘了曾經在哪裡看過的文章說：這個世界還是很美的，只是人們太忙碌，總是忘記要停下腳步看看周遭的風景。所以，偶爾靜下心來觀察身邊的事物，細心尋找那些讓人感動的景致。

今天晚上，她已經看到一幅令她感動的畫面。戀人的擁抱，是愛情裡最美的風景。

「駱以茜！」

不期然的，招呼聲突然從她路旁響起。

她轉過頭去，發現有輛車正隨著她行進的速度，跟在她身旁緩緩前進。她仔細一看，發現車裡坐著的是楊允程。他正揚著好看的笑容對著她笑。

「你怎麼……」駱以茜微微吃驚。

他不是早就去見客戶了嗎？怎麼現在又出現在這裡？

「上車，我送妳回家。」楊允程朝她招招手。

也沒有多想，駱以茜跑到車旁，打開車門坐了進去。

坐上車後，她繫好安全帶，抱著自己的包包，朝楊允程傻傻笑了一下。

看著掛在她臉上的美好微笑，楊允程只覺得心臟像突然被什麼東西突然撞了一下，麻麻的。

「你怎麼還在這裡？我以為你見過客戶後就回家了。」駱以茜笑嘻嘻地問，眼睛眨呀眨的，清清亮亮。

楊允程看著她漂亮的眼睛，突然覺得自己好像真就像許維婷說的那樣……掉下去了！

他哪有去見客戶？他是去咖啡館點了一杯咖啡外帶，又開著車回到駱以茜下車的超商對面，停在停車格裡，捧著咖啡，坐在車上聽音樂，遙遙望著對街的駱以茜。

他放心不下讓她一個女孩子自己回家。

他靜靜坐在車子裡，等她結束跟朋友的約會，再偷偷尾隨著她，製造一個不期而遇的偶然。

「客戶說要來找另一個客戶，讓我開車送他一程。剛好他要找的客戶也住在這附近，我就順道繞過來，看看妳還在不在超商外面。結果沒想到真的在路上撿到妳了。」他扯了一個聽起來沒有破綻的謊言。

駱以茜聽完後哈哈大笑起來。「你們還真好玩，你找客戶，他又找他客戶，一整個晚上就這樣找來找去的。」

楊允程聽不出來笑點在哪裡，他看著駱以茜那滿臉愉快的模樣，心裡暗暗懷疑自己是不是真的老了，跟年輕人有代溝了？不然為什麼他沒辦法理解她的笑點在哪裡。

不過無論如何，笑，是一種具有嚴重傳染力的行為。

在笑聲中，一抹微笑悄悄地爬上楊允程的嘴角，然後在他的臉上擴散、擴散、擴散……

送駱以茜回家的路上，她說了整路的話，心情好像很好的樣子，掛在臉上的表情始終是開朗的。

「老闆，你知道為什麼相愛的人都喜歡擁抱嗎？」

這是什麼問題？相愛的人擁抱不是很正常的事嗎？楊允程困惑地想著。

「因為，呃，是情不自禁吧……」他回答。

駱以茜轉過頭來看著他，擠眉弄眼地曖昧笑著，「哎唷，老闆，你這句話聽起來好邪惡喔！」

「邪惡？」有嗎？

駱以茜用力點頭，又說：「老闆，你心術不正喔。快說，你是不是想歪了？」

「沒有。」

「怎麼可能？」

「真的。」

「是嗎？」

「是的。」楊允程澄清，扭頭問她，「不然答案是什麼？」

「因為想要從喜歡的人身上得到勇氣，讓自己變得更勇敢一點。」

這是什麼答案？

他果然跟年輕人有代溝了啊！可他明明跟她只差七歲啊！七歲就有代溝了嗎？

「今天晚上，我的朋友本來要跟她男朋友分手。只因為一點小事，她自己想不開，所以鬧脾氣。後來她男朋友來了，她把所有的氣都發在他身上，但她男朋友卻一點也不閃躲，站得直直的任她踢、隨她打，讓她把所有的氣往他身上出。我朋友簡直就像是隻發瘋了的獅子一樣，但她男朋友看她的眼神還是好溫柔喔！最後，他們兩個人用擁抱來結束這場爭執。」

駱以茜說完，楊允程仍是一頭霧水，這個答案好像跟勇敢沒有任何關係吧！

停了一下，駱以茜接下去又說：「我覺得啊，我朋友一定是因為太在乎她男朋友了，所以才會這麼沒有安全感，一點點小事都令她覺得男朋友已經不愛她了；一點點不順她的意，她就會用分手來威脅對方。但每一次只要她男朋友抱抱她，她就又會感受到其實自己是被愛的，兩個人一定可以修成正果，可以一起走很久很久。」

駱以茜說著，又轉頭過看來著他，笑問：「所以，擁抱真的擁有一股強大的力量，它可以讓人變得很勇敢，也可以讓人變得很安心，對不對？」

聽起來好像沒什麼道理，可是又好像有點道理。

楊允程笑了笑，不想讓她感覺挫折，於是正面回應她的問題，「對。」

「老闆，你人真好！只有你認同我的說法。」駱以茜又笑了。「以前我要是把心裡的想法跟朋友們講，她們只會潑我冷水，說我都是歪理。」

我也覺得妳說的是歪理啊！楊允程在心裡偷偷回答。

不過，他覺得她認真解釋的臉龐，看起來真好看。

認真的女人，是最漂亮的。

駱以茜家位在巷子裡，車開到巷子口時，她趕忙說：「在這裡停車就好，我家門前的巷子是條死巷，車子不好進出。我自己走路進去，謝謝你送我回家。」

楊允程抬頭望了一眼空無一人的巷子，只有兩盞不是很明亮的路燈，孤單地佇立在路旁。

他把車停好後，隨著她下車。

「路太暗，還是我陪妳走到家門口吧。」

駱以茜心裡感動，小羊人真好，連這種小事都如此體貼。

時間晚了，巷子裡寂靜無聲，只有兩人一致的腳步聲，和不知道從哪裡傳來，響個不停的蟲鳴。

駱以茜覺得今天晚上發生的每一件事情都很美妙，心中藏滿說不出口的快樂。

她跟自己偷偷欣賞的對象共進晚餐，又看見好友與男朋友和好如初，從擁抱中感受到愛情的強大力量，現在又與心儀的男子散步，讓他送她回家。

雖然一路上兩人並沒說什麼話，但她能感受到，流轉在彼此之間那美好的寧靜氣息。

這樣的夜晚，真的好幸福啊！

「我家到了。」

站在住家樓下，她微笑著對楊允程說。

楊允程還記得她家住在五樓，不由得抬眼向上看。這是棟老舊的大樓，大約有十層樓，從部分磁磚剝落的外牆牆面，看得出歲月斑駁的痕跡。

「妳自己進去沒問題嗎？」

楊允程想起前些日子裡，新聞報導變態男子藏身公寓大樓，把夜歸女孩子拖到昏暗的樓梯間猥褻的消息，有些不放心。

「沒問題啊。」駱以茜輕鬆回答，「我在這裡進進出出二十幾年了呢。」

「那我在這裡等著，妳一進家門，打一通電話給我。」

小羊人真的好體貼、好溫柔、好紳士啊！駱以茜真心這樣覺得。

「好。」她用力點頭，又笑咪咪的向楊允程擺擺手，歡悅地道別，「老闆……不，小羊再見。」

等上了樓，一走進家門，她就立刻給楊允程撥電話。

「我到家了喔。」

「嗯，那早點休息了，晚安。」

「好的，晚安。」

結束通話前，駱以茜跑到客廳外的陽台上，趴在牆邊往下看，正巧看到楊允程抬頭，兩個人的目光瞬間對上。她朝著他笑，又用力揮揮手。

楊允程也舉起右手，朝駱以茜揮了揮，然後又指指駱以茜，雙手合掌，貼在臉頰旁，歪了一下頭，做出睡覺的姿態。

駱以茜忍不住失笑，手摀著嘴，微笑彷彿一朵花一般，歡喜地在她掌心裡綻放。

她的老闆，怎麼這麼有魅力又可愛？她覺得心底滿滿的幸福快樂，好像真的戀愛了。

樓下的楊允程又對她揮了一下手，然後朝巷口的方向走去。

怎麼辦，他怎麼能連背影都這麼好看？

駱以茜忍住想要大聲嗷嗷叫的衝動，目送他離去。夜這麼深，大吼大叫吵到鄰居是不道德的行為。

她一直站在陽台上，看著楊允程走出巷口的好看背影逐漸遠去，直到看不見了才罷休。

回過身來，她帶著一臉藏不住的笑容，正打算要走進客廳，結果才一轉身，就看到老媽臉上敷著白色面膜，站在落地玻璃窗內，睜大著眼瞪著她。

見到背後站了隻白面鬼，狠狠嚇了駱以茜一大跳！

「媽！妳幹嘛敷著面膜站在門邊嚇人啦？我的胸部都被妳嚇得縮小兩個 cup 了啦！」

幸好，她的膽子還算大，不然早被嚇到魂飛魄散了。駱以茜撫著胸口，皺著眉頭抱怨。好不容易從駱老媽身邊的空隙鑽進客廳後，她直接往房間方向走去。

但駱老媽並沒有就此罷休，也轉身追在她身後，邊走邊問：「那個男人是誰？」

「什麼男人？」她裝傻。

「送妳回家的那個男人。」

駱以茜猛然停住腳，轉身看著駱老媽，問：「妳監視我？」

「我哪有！」駱老媽不肯承認，解釋著說：「都快十點半了，妳還沒回家，電話也不打一個回來，當媽的當然會擔心啊。我只是跑到陽台去看看妳回來了沒，然後就看到那個男人送妳回來……快說，那男的是誰？」

「妳在陽台上看到他送我回來，那我剛才進家門的時候，怎麼沒看到妳在陽台上？」

「我看到妳人好好的走進一樓大門就放心啦。一放心才想到面膜蓋子沒關，所以趕快進房間去關蓋子。妳也知道，這瓶面膜好貴的，要是乾掉了，我會心疼死！」

什麼面膜蓋子有沒有關緊這種雞毛蒜皮的小事，駱以茜根本就不想聽。

「是是是，妳會心疼死，但在妳心疼死之前，我可以先回房去洗澡睡覺了嗎？」

「哎唷，對吼，被妳一鬧，我都忘了要問正事了……快說，那男人到底是誰？妳跑去哪裡了？這麼晚回來，怎麼不先打電話回家說一聲？」

「我沒打電話回來，妳不會打給我？」

「我忘了啊！」駱老媽理直氣壯的回答她，然後又堅持追問道：「那男人到底是誰？」

「是我老闆啦。」駱以茜回答完，又朝她的房間走去，駱老媽也跟了上去。

「騙誰啊，妳老闆有那麼年輕？」駱老媽不信，「老闆不是至少都要五、六十歲嗎？」

「有人規定做老闆的一定要年紀很大嗎？」

駱以茜又停下腳步，跟在她身後的駱老媽一時收不住腳，一頭撞上去。因為力道過猛，把她撞得向前了好幾步。

「駱小姐，妳就不能好好走路，一定要這樣走走停停嗎？」駱老媽摸著鼻子，嘀嘀咕咕埋怨她，「真是的，女兒長大就是這樣，滿肚子的心事，行為又很怪異，在想什麼都不肯跟媽媽分享。」

駱以茜一臉無奈。「媽，妳抱怨我的時候，音量可以小聲一點嗎？聽到媽媽批評自己，感覺真的很怪異！」

「我有說得很大聲嗎？」駱老媽滿面疑惑。

「有。」駱以茜點頭，說：「字字清晰。」

「噢！那我改進。」

這又不是改進的問題！駱以茜沒大沒小的癟嘴，說：「妳不要再隨便亂批評我了，好歹我也是妳生的，性格上如果有什麼缺失，媽妳也脫不了責任，不是嗎？」

駱老媽一時被她唬住了，抓抓頭，單純地說：「嗳，說的也是，那我下次注意一點。」

駱以茜點點頭，閃進自己的房間門，正要關上門，駱老媽卻動作迅速地閃進門縫間，用自己的血肉之軀擋著不讓她關門。

「媽，妳幹嘛？」

「那個男人到底是誰？」駱老媽還不死心。

「就說了是我們老闆嘛。」

「少來。」駱老媽打死不相信，「哪有那麼年輕的老闆？妳們公司又不是小公司，大公司的老闆哪來那麼年輕的？」

「人家立業得早，不行嗎？」駱以茜簡直要翻白眼了。法律有規定大公司的老闆一定要是老人家才行嗎？「媽，我覺得妳的偏見很嚴重啊。」

「但是我怎麼想就是不合理啊。」

「哪裡不合理？」駱以茜邊說邊把媽媽往房門外推，「他就真的是我老闆嘛！我沒有騙妳啦。好了好了，我累一整天了，要睡了，妳也趕快去睡了吧。」

「可是……」

「妳再不走，我就叫爸爸來把妳拖回去了喔。」一見媽媽死纏爛打，她真的扯著喉嚨大叫，「爸……」

「好啦好啦，不要再叫了。妳爸跟朋友出去還沒回來，妳就算叫到『燒聲』，他也不會出現的啦。」

駱老媽說完，扭頭走開，一面走一面大聲埋怨，「女兒長大了就是留不住啊，以前最愛黏著叫爸爸媽媽，還每天甜言蜜語地說絕對不要跟爸爸媽媽分開、不要結婚、不要搬出去跟老公住。結果人長大了，就把我們往門外推，搞得一副自己是中情局，什麼事情都藏在心底不肯說，真的是……」

「媽，妳又開始了喔……」

駱老媽聞言回過頭來，瞟了她一眼，挑釁地說：「就是故意要說這麼大聲，妳才聽得到啊。」

說完，快步閃回自己房間去了。

駱以茜站在房間口旁看著駱老媽的背影，忍不住一陣偷笑。有個這麼具有活力的媽媽，其實也不賴。她就是一股超強的正能量。有老媽這種正面能量存在，不管發生什麼事，她都不會自怨自艾，胡思亂想。

梳洗過後，駱以茜拿著毛巾，一面擦乾頭髮，一面走到床邊取吹風機時，忽然瞥見手機一閃一閃的，有訊息進來。

她拿起手機檢視，是楊允程傳進來的訊息。

我到家了，謝謝妳今天晚上的陪伴。早點睡，晚安。

駱以茜看完，心情愉快地笑了。馬上回訊息給他。

今天晚上，我也很開心。謝謝你請我吃晚餐，還送我回家。你也早點睡，晚安。

楊允程正坐在客廳沙發上看影集。他看得不是很專心，心裡有某種期待，眼睛不時會瞟向面前的手機。只是它一直沉默著不出聲。

他等了一陣子，心浮氣躁。

最後他嘆了一口氣，決定放棄等待，還是早點洗澡睡覺比較實在。

他關掉電視，拿起手機，剛要走回房間時，手機突然震動了一下，發出兩聲短促的「滴滴」一聲，表示有新訊息傳進來。

他打開一看，是駱以茜傳來的。他欣喜的反覆看著這則短訊好幾次，然後才肯放下手機走進浴室去洗澡。

睡前他又把手機拿起來，重覆溫習駱以茜傳來的訊息，心裡暖暖的。

明明就是很平凡的幾個字，但他卻不厭其煩的看著、讀著、想著。

他已經開始想念她了。

隔天一早，駱以茜依照慣例提早到公司。她才剛放下肩上的肩包，還沒有拉開椅子坐下，一個聲音就從她身後響起。

「早！」

她回過頭去，看到楊允程帥氣地站在身後，神清氣爽的朝她微笑。

「啊，老闆，早。」

駱以茜有些驚訝，他居然這麼早就到了！今天又有哪個客戶要來拜訪嗎？

「吃過早餐了嗎？」他問。

「還沒。」駱以茜誠實搖頭，「等一下我再去樓下買。」

公司樓下有間超商，如果員工趕著上班，來不及吃早餐，就會到樓下超商隨便買個麵包或飯糰裹腹。

「那正好，早上我經過一間早餐店，賣早餐的是一對年紀很大的老夫婦。我看他們年紀那麼大還辛苦工作，就多買了幾份。結果買太多，我根本吃不完，拿了一份請王祕書幫忙解決，現在手邊還多一份。如果妳不介意的話，是不是可以幫忙吃掉？」

楊允程的表情太誠懇，駱以茜一時之間不知道該怎麼拒絕他。

「好，謝謝。」她無可奈何接受了。楊允程趕緊把早餐遞給她。

駱以茜一看，差點昏倒。

袋子裡裝的是一份好大好大，吃了一定會飽到連午餐都吃不下的總匯土司，外加一杯溫奶茶。

「這個早餐分量也……太多了吧。」駱以茜不由得煩惱自己要怎麼解決掉這一大份的早餐。

她想到了林雨菲。

她在心裡默默祈禱林雨菲早上不小心睡過頭，來不及吃早餐。這樣她們可以一起分吃這一份總匯土司。

「早餐要吃飽一點才有力氣工作。」楊允程面帶微笑地說著，走回自己的辦公室。

然而事與願違，林雨菲來上班時，興奮地說她今天早上醒得太早，決定當一下賢妻良母，親手做了一頓十分豐盛的早餐與丈夫分享。

「哎，妳沒看到我老公那一臉滿足到簡直要跟我預約來生十輩子的表情……我真是太有成就感了。原來偶爾當當賢妻良母，是這麼爽的一件事啊。」林雨菲一臉沉醉地炫耀著。

駱以茜一邊聽她說，一邊大口咬著自己那套超大份量的早餐組合，感覺眼淚都快掉下來了。

果然到了中午，她就吃不下午餐了。兩人坐在餐廳裡，林雨菲大快朵頤著一碗南洋拉麵，而駱以茜則在她對面咬著吸管喝檸檬水。

「沒事幹嘛買那麼多早餐啊，又吃不完。幸好剩下的妳留著當午餐，不然丟掉太可惜了。農夫那麼辛苦，要是把食物丟到廚餘桶，一定會遭天打雷劈的。」

林雨菲邊吃麵，邊發揮碎碎唸特長，不斷轟炸著駱以茜的耳朵。

「那又不是我買的。」駱以茜嘴裡咬著吸管，一臉不開心的模樣，吸管前端都被她咬到扁扁的了。

「那是誰買的？妳媽媽？」林雨菲直搖頭，「妳應該跟妳媽媽說，妳早上的胃是小鳥胃，叫她不要浪費錢買這麼大一份的早餐，妳又吃不完。」

駱以茜又搖頭，若無其事地回答，「是老闆買的。」

林雨菲一口麵才剛送進嘴裡，馬上就被她的回答嚇到，連嘴裡的麵條都吐了出來。她睜圓了眼，不敢置信地問：「妳說的老闆……是早餐店的老闆？」

「早餐店的老闆會買早餐給我？」駱以茜用「妳到底有沒有帶腦子出門」的眼神瞪她，「人家是賣給我。」

「喔，也對吼，哈哈哈，那不然妳說的老闆，是……我們老闆喔？」

駱以茜無奈地點點頭，感覺那份總匯土司還在胃裡翻滾。

「駱以茜，想不到妳這麼會開玩笑。」林雨菲根本就不相信，夾了一口麵又往嘴裡送，咀嚼幾下後說：「不過很奇怪喔，老闆今天怎麼又來上班了？他以前好像沒這麼勤勞，會連續兩天都來上班啊。」

只要一想到今天晚上他們兩個人又有約會，駱以茜的臉就不知不覺的躁熱起來。老闆該不會是為了晚上的那頓晚餐，才又來上班的吧？

「妳怎麼了？很熱？」林雨菲眼尖，發現她臉上的異樣，連忙推推她，又湊過去感受一下冷氣的風向後，說：「不會啊，妳這裡有風啦！但妳的臉怎麼突然紅成這樣？」

捧著臉，駱以茜胡亂謅了個理由，「沒事，突然覺得有點熱。大概是這兩天晚上，我媽都燉補品幫我補身體，補太過了。」

林雨菲相信了，點點頭應了聲，「喔，那妳該少吃一點，小心上火。」

駱以茜露出一副「受教了」的乖孩子模樣，點頭答應，「好。」

林雨菲滿意地點點頭，又開始吃麵，而駱以茜則繼續咬著吸管神遊。

楊允程在辦公室裡回完電子郵件後，開始玩手機，正打得正激烈時，王祕書抱著幾個卷宗走進來。

他抬了抬頭，看了一眼王祕書和手上的卷宗，說了句，「放著就好，我等等看。」又繼續低下頭去玩手機。

然而王祕書把卷宗放下後，並沒有馬上走出去，而是靜靜地站在辦公桌前。

「怎麼了？」察覺到不對勁，楊允程放下手機，抬眸看著王祕書。

她朝他笑，眼神裡有促狹意味。

「到底怎麼了？」楊允程又問了一次，不明就理的。

「我不小心看見了。」

「看見什麼？」

「看見你送早餐給駱以茜。」

楊允程突然覺得臉頰熱燙起來，不知道該怎麼反應才好，只好什麼都不說的瞪著王祕書，有點不好意思。

「而且，你幹嘛要把我拉進去？我又沒吃到你買的早餐。」

「不這麼說，她怎麼會接受我買的早餐呢？」

「所以你是特地為她買的？」

「也、也不是……」楊允程結巴回答，「就是……嗯，早上……買早餐時，不知道為什麼就多買了一份了。」

「這個謊說得太牽強了。」王祕書眨眨眼，笑得曖昧，「我做你的祕書這麼多年，怎麼沒有吃過你『不知道為什麼就多買一份』的早餐？」

「呃……」他這回是真的詞窮了。

「喜歡上了？」王祕書有時問話相當犀利。

不知道該怎麼回答，他在心裡琢磨了一陣後，才說：「欣賞。」

「很難得啊！認識你這麼久，這是第二次看你動了凡心。上一個為她動凡心的那個好朋友，現在怎麼樣了？」

王祕書剛進公司沒多久，就碰上他與周曉霖重逢的那段時光。她見過周曉霖幾次，經常是他載周曉霖去吃飯時，順道開車繞過來公司，請王祕書送文件下來時見著的。

她見證了楊允程喜歡一個人時的奮不顧身，也見證了他揮別周曉霖時的魂不附體。

在那段對人生特別灰心的歲月裡，王祕書無數次被通知去酒吧帶回喝得醉茫茫的他。

有次她問他，為什麼每次他喝醉時，酒吧的人都會通知自己？楊允程一開始也不清楚，後來問了酒保，才知道因為翻出他的手機時，通話紀錄裡幾乎都是王祕書的來電，所以才打她的電話。

總之那段日子裡，他除了工作就是喝酒，喝完酒就回家。這種三點三線的日子，過了很長一段時間。

而王祕書在那時扮演一個很重要的角色。她默默地去酒店抬他回家，默默幫他處理工作上的大小事務。她從沒勸他看開一點，也沒叫他少喝一點。

有些自虐的心情，是怎麼勸也沒有用的，她知道那只是白費力氣而已。

好在對現在的楊允程來說，「周曉霖」這三個字或許曾經是他不敢觸碰的回憶，但他已經釋然了。畢竟回憶會斑駁，而生命還很長，他不可能一直停在原地踏步，日子總是要過下去。

「她下個月要結婚了。」

「喔，結婚對象還是同一個？」

「妳很賤耶！」楊允程失笑，「她跟她未來的老公都是全天下最笨的人，一輩子都只愛過一次，對象就是彼此。」

王祕書點點頭，跟著笑，「很令人羨慕啊。」

「是啊，真的讓人很羨慕。」楊允程嘆了口氣，「不知道這緊緊糾纏，怎麼分也分不開的緣分，是要修幾輩子才修得來？」

「老闆，你不要一大早就說這種讓人沮喪的話。我對未來戀情還充滿憧憬呢，你不要潑別人冷水。」

「憧憬不如行動。妳到底什麼時候才要交男朋友？條件又不差，怎麼交個男朋友搞得比登天還難？妳不要眼光太高。」

「這種事催也沒有用啊！老闆你應該最能明白我的心情，你不也是這樣？」一句話，把楊允程堵得說不出話來了。

「唉！」他最後只能重重地嘆了一口氣。

「光嘆氣沒有用啊。」王祕書學他的語氣，「趕快去找個女孩子來當女朋友比較實在。」

「我難道不想嗎？」但能看順眼的人真的很少嘛。

「你才是真正眼高於頂吧！之前多少人跟你介紹千金名媛，但你沒一個看得上眼。我覺得那些女生都長得滿漂亮的啊，你到底在挑什麼？」

「沒有感覺，叫我是要怎麼跟她們繼續下去？光是一起吃個飯，氣氛不對就讓我快食不下嚥了，要牽手走一輩子豈不是要了我的命？」

「所以，駱以茜是讓你有一點感覺的？」

楊允程想，王祕書攻其不備的套話功力真的很強，她來當祕書似乎有點大材小用了，應該去當偵探或法官的。

「就……還不錯。」他回答得很含蓄。

「喜歡她什麼地方？」

「她樂觀的個性、單純的心思、笑起來的樣子、眨著眼說話的表情、看到食物時眼睛發亮的模樣……啊！對了，她還會寫美食部落格，文筆還不錯。妳知道的，我對有文采的女孩子向來最沒有抵抗力。」

「原來她在你眼中有這麼多優點啊？」王祕書驚訝。

「可能還有更多，」楊允程笑得有點不好意思，「只是我還沒發現。」

「所以決定要追她了嗎？」

「我在找方法啊。」

「那我樂觀其成喔。」王祕書笑著鼓勵，「真追上了，記得跟我說一聲，讓我沾一沾你的喜氣。」

「那也得要女方同意，妳才有辦法樂觀其成吧。」

「需要我幫忙的話，說一聲。」她說。

「我還會跟妳客氣不成？」

於公於私，她都已經成了他的革命戰友了。

「沒事的話，卷宗趕快看一看、簽一簽，我好繼續跑流程。」王祕書轉眼又把話題拉回工作上。

到底她是老闆，還是他才是老闆啊？楊允程有點接不上這種轉變。

「妳呀，什麼都好，就是工作太認真了這一點不好，要改進。」他聽話的翻開卷宗，一面看，一面抱怨。

「認真工作也是缺點？」王祕書憋不住笑地問他。

他的神色一正，語氣嚴肅，「我不希望妳變成一個嚴肅又太正經的工作狂。這個世界還有很多有趣的事隨時在發生，工作只是生命裡的一小部分，妳不應該把所有精神都放在這裡。」

「知道了，你唸過很多次了。」

「光知道是沒有用的，要謹記在心。」

「老闆，你不過也才三十出頭，為什麼總像老人一樣碎碎唸？」

被打槍了！

楊允程抬頭看了她一眼，皮笑肉不笑地揚揚唇角，「因為妳上輩子修得不錯，我可是不會隨便對人碎碎唸的。」

「那我可不可以回到上輩子砍掉重練？」

「回到上輩子是困難了點，不過妳可以把停止老闆碎碎唸的計畫書寫上來。如果有說服我的理由，我可以考慮一下。」楊允程一本正經地回答。

這回換王祕書笑了。

楊允程很快把幾本卷宗看完，簽好名，又遞還給她。

「你等等還有行程？」

看他忙完公事仍坐在位置上不動，不太像他平時待不住辦公室的行事風格，王祕書好奇地問。

楊允程被問得有些尷尬。如果讓她知道，他坐在辦公室是為了下班時可以直接和駱以西一起去吃晚餐，那她一定會胡思亂想。

孤男寡女相約吃飯這種事，確實也很難不讓人亂想。

於是他抓抓頭反問，「沒行程就不能留在辦公室？」

王祕書聳聳肩，眼珠子轉了轉，誠實回答，「不太像你的 style。」

「我就給妳這種很混的感覺？」

「應該不是只有我覺得你混。我想，公司裡很多員工都這樣感覺。」

楊允程大驚。

「請妳老實告訴我，以妳們女性的觀點來說，是不是比較喜歡自己的男朋友是那種工作努力、認真向上的人？」楊允程表情認真地問。

這可是攸關他日後該表現出何種形象的重要依據啊，不然要怎麼追女朋友？

王祕書老實點頭。

「所以我這樣子是不及格的？」

「你擁有可以混一點的特權，因為你是老闆。」

這樣子的答案，他不是很喜歡，感覺自己是一個很廢的老闆，而公司都是由很厲害的員工撐起來的……

好！他決定了，從今以後，他要當一個奮發向上的勤奮老闆。塑造出自己的美好形象，是有助於追女朋友的。李孟奕不就是一個最好的例子？他天天穿著白袍，辛苦的在醫院東奔西跑，看起來就是一副奮發有為的樣子。搞不好就因為他形象可靠，所以周曉霖才會寧願選擇他，也不願意選擇時時陪她吃喝玩樂的自己。

他覺得自己太後知後覺了，當初怎麼沒想通這一點呢？

「那如果我每天都認真來上班，是不是可以扭轉在女同事們心裡的形象？」楊允程用正經八百，像在談一件重要公事的表情詢問。

「但你現在在員工們心目中的形象也沒多差啊。」王祕書回答，「你很敢給薪水，也不鼓勵加班，所以形象相當良好。」

「但老闆跟男朋友是不同的角色吧？優質老闆跟優質男朋友，還是有差的吧？」

王祕書又老實點頭了。

不過，她點完頭後隨即又補了一槍，「但是男朋友優不優質，其實跟他工作態度認不認真，並不是有絕對關係的。女性重視的是感覺，並不是所有優質的男人我們都會喜歡。就像一把茶壺一個蓋，不適合的蓋子，我們是不會要的。工作認真的男人確實能加分，但如果把時間都給了工作，反而會大扣分。」

楊允程又嘆了一口氣，發自內心地說：「哎，妳們女生好難搞啊！好吧，那妳跟我說，女性覺得優質的男朋友的基本條件是什麼？」

「體貼、細心、誠實、專一，最重要的是傾聽。」

好！筆記下來。

楊允程拿出紙，認真的把這些話寫下。

晚上，跟駱以茜去吃晚餐時，楊允程又問了她，「妳覺得以一個女生的觀點來看，愛情跟麵包，哪一個重要？」

「都重要。」

「如果只能選一個呢？」

駱以茜仔細地想了想，又問：「麵包是男生的，還是我自己的？」

「有差別嗎？」

她點頭說：「如果是男生的，那他的麵包小一點，我就吃少一點，反正我也有在工作，這個時候我會選擇愛情。而且我覺得人的際遇是很奇妙的，如果他是一個工作很認真的男生，一定有機會可以把麵包變大的，所以一開始委屈一點沒關係。」

「結論是，妳也覺得男人工作認真是很重要的一件事？」

駱以茜點頭，「對啊，那是一種負責任的態度。誰會喜歡成天遊手好閒的男生？」

又是一槍！

楊允程覺得今天他的胸口真疼，被打了好多槍。

默默的，楊允程的雙手在餐桌底下緊緊地握拳。他決定了，從明天開始，他要努力扭轉形象。追女朋友，果然不是件簡單的事啊！

吃過飯，楊允程照例送駱以茜回家。

這個晚上，駱以茜的話少，不像前一晚那樣的吱吱喳喳。

途中，楊允程偷偷轉頭瞄了她好幾次，不能理解她在想什麼，又不好意思打擾她的沉思，只好安靜開著車。

有的時候，安靜的陪伴也是種體貼的溫柔。他想。

幸好車上有音樂，有音樂聲的陪襯，至少氣氛不會過於尷尬。

快到她家時，一路沉默的駱以茜終於開口了。她沒有看楊允程，聲音輕輕的，「老闆，你有沒有夢想？」

楊允程差點對她承認，自己的夢想就是：交個未來會做自己老婆的女朋友。

不過這應該不能算是夢想，而是願望。無法實現的才能叫夢想，可以努力的，就叫願望。

「什麼樣的夢想？」楊允程問。

「就是譬如像當歌手、科學家，或是拯救世界的超人那一類的……」

「當大公司的老闆。」

駱以茜轉過頭來，看了他一下，然後「噗哧」一聲笑了。

「你已經是了啊，這不能算是你的夢想吧？夢想是永遠追求不到的，才能算是夢想。」

「那我沒有夢想了。」楊允程搖搖頭，表情正經八百，「真慘，我才三十三歲，人生就沒有夢想了，還活著幹嘛？」

「你不是沒有，是你提早實現了。」駱以茜安慰他。

「那妳呢？妳有什麼實現不了的夢想？」

「環遊世界。」

「這也不能算是夢想吧，只能說是願望。反正未來還很長，妳一年一個國家的跑，也許有一天，就會走遍全世界了。」

「可是很花錢耶。」駱以茜語重心長地說：「晚上，你問我愛情與麵包哪個重要時，我突然想到這個問題，然後覺得好像麵包大塊一點，生命裡很多事情都會比較容易達成。」

她一說完，馬上又笑了，不知道是安慰他，還是安慰自己地說：「不過也不一定非要環遊世界，其實台灣有很多地方也很好玩。沒辦法環遊世界，那就環島旅行吧。」

環島旅行？

「這主意不錯。」她的話給了楊允程一個啟發，「今年的員工旅遊，我們就來個五天四夜的環島旅行吧。」

「啊？」駱以茜睜大眼。

「妳覺得我們先往南走，還是先往東海岸走比較好呢？」

「老闆老闆老闆！」駱以茜驚嚇到一疊聲叫著楊允程，「我剛剛只是隨便亂說的，你可以不要那麼認真嗎？」

要是楊允程堅持環島，她一定會被其他同事的口水淹死！

以往公司的員工旅遊都是出國，聽說去年是去日本，前年是去關島，大家都在討論今年會去哪一國……萬一他們知道今年哪一國都不去，留在台灣環島旅行，而且始作俑者是她，一定會把矛頭都指向她的……她還只是個新人，不想被排擠，也不想被大家唾棄啊！

「我覺得環島很好啊，台灣很美，我們應該多促進觀光，發展經濟。」

感覺他一副就要拍板定案一樣，駱以茜慌了。

「可是，呃……你不覺得民主時代，應該要問一下員工意見嗎？」

病急亂投醫，駱以茜拚命想阻止，她真的不想當千古罪人啊！

「往年的員工旅遊都是由高層主管開會決定，員工自由參加。我覺得國內環島旅行這個提案不錯，下個月開月會時，我會把這個提案列入討論事項裡。」

大勢已去，駱以茜覺得好像掙扎也無濟於事了。

楊允程看出她的憂慮，微笑著安慰她，「妳放心，我不會說是妳提議的。」

看著他眉開眼笑的臉龐，看著他清亮澄澈的眼睛，看著他愉快上揚的唇角，駱以茜突然覺得……好吧，如果是為了小羊，當一次千古罪人也沒關係。

只要他開心就好。

回家時的那條巷子，依然是楊允程陪駱以茜走回去的。兩人在樓下道別說晚安。

駱以茜心裡甜甜的，甜意直爬上了她的眼、她的臉，她露出甜甜笑意對他說：「明天見。」

關上公寓大門後，她一口氣跑上五樓，開門衝進客廳，連鞋都來不及擺進鞋櫃裡，就又衝到客廳陽台，對站在樓下的楊允程揮手。

她知道他一定會站在那裡，等確定她安全進屋了才會走。而他果然沒讓她失望，筆直站在原地抬頭朝她家陽台的方向看，直到看見她的身影出現在陽台上，才露出放心的笑容。

然後，他在她的注視中，沿著巷子離開。

直到看不見楊允程的背影，駱以茜才又回到客廳。

「怎麼，又是妳老闆？」

駱老媽坐在客廳看電視。經歷過昨天的大驚小怪後，今天她的態度顯得特別的鎮定。

「嗯。」她點頭。

「妳老闆怎麼天天送妳回家？他想追妳，是不是？」

「哪有啊！」駱以茜的臉瞬間紅了起來。「只是剛好這兩天我們晚上約好一起吃晚餐，吃完，他就順便送我回來。」

「只有你們兩個人一起吃晚餐喔？」

「對啊，怎樣？」

駱老媽沉默了幾秒鐘，又抬起頭，意味深長地盯著女兒看。

駱以茜被駱老媽看得奇怪，作賊心虛地叫著，「欸，媽，妳不要亂想喔，我跟他只是朋友而已啦。」

「妳怎麼知道我在想什麼？」

「那不然妳說說，妳在想什麼？」

「就是……想歪了而已。」

「吼！」駱以茜忍不住跳腳，「就叫妳不要亂想啊，我跟他真的只是朋友。」

「可是我的腦袋裡有小劇場耶，我控制不了。」

駱以茜皺起眉，「媽，妳可以有點做媽媽的樣子嗎？不要這麼幼稚嘛。」

「我這不是幼稚，是有赤子之心。」

她覺得自己沒辦法跟這種笨蛋再溝通下去了，她說：「我累了，先去洗澡了，晚安。」

回到房間後，駱以茜把手機從包包裡掏出來，再從衣櫃裡拿出睡衣，抱著睡衣跟手機進浴室。

說不定等一下楊允程回到家，會再像昨天那樣，傳簡訊來給她，告訴她自己已經安全到家……

駱以茜喜歡這樣的相處模式，像朋友，又像戀人。

有個可以互道晚安的對象，真的很甜蜜。那種感覺，她無法形容，但覺得這個世界比以前更加美好了。

她的心在不知不覺中，已經開始有了期待。

一種對愛情的期待。

馬小雅跟駱以茜約了假日一起去吃麻辣鍋。駱以茜依約出席，但馬小雅卻遲到了。等待的過程中，駱以茜打了好幾通電話給對方。馬小雅的回答一律是：「就快到了……再十分鐘就到了，妳再等我一下。」

結果經過了六個十分鐘，她才終於現身。

「妳很扯耶！時間是妳約的，居然還遲到那麼久！」駱以茜已經等到脾氣都快炸了。

「哎呀，對不起、對不起嘛！我剛才去試婚紗，拿不定主意要選哪一件，所以耽誤了一些時間……」

馬小雅話都還沒說完，駱以茜已經激動地抓著她的手，大聲問：「妳、妳要結婚了？」

難得露出嬌羞的表情，馬小雅亮了亮左手無名指上的戒指，說：「小杜跟我求婚了。他說反正我們都沒辦法遇到更適合彼此的對象，與其這樣拖下去，倒不如一起牽手走向人生的新階段。」

駱以茜聽了，尖叫了一聲，緊緊抱住馬小雅，眼眶熱熱的，大叫著，「哇哇哇，好棒好棒，妳要結婚了，真的好好啊！妳一定會很幸福、超級幸福、讓我羨慕到死掉的幸福的……」

馬小雅推推她，壓低音量的在她耳邊說：「欸，駱以茜，妳喊得太大聲了啦，旁邊的人都在看我們了，好害羞耶。」

「有什麼關係？」

她抬頭看向四周，那些原本朝她們兩人張望的路人，一接觸到駱以茜的眼神，就裝做若無其事地移開視線。

見沒人看她們了，駱以茜又尖叫了一聲，繼續剛才未完的喜悅。

「妳要結婚了耶！哇，我要想想在妳結婚那天我要穿什麼衣服……一定要穿得很喜氣，妳可是我所有朋友裡面第一個結婚的人，啊啊啊，怎麼辦？我好像太感動，想哭了……」

她說著，真的把頭埋在馬小雅的肩上，「嗚嗚嗚」的哭了起來。

馬小雅被她突如其來的情緒起伏嚇楞在一旁，完全不知道該怎麼辦。

這個人，也太真性情了！

「欸，駱以茜，我結婚那一天，妳該不會也這樣哭吧？」馬小雅很擔心。

「我不知道。」駱以茜還在抽噎。「不過我想應該是會的。我的淚腺很發達啊，妳也知道。」

「那可怎麼辦？我的婚祕不就得時時幫我的伴娘補妝？這樣我可虧大了嗎？我請她來是來幫我補妝換造型的，結果卻造福伴娘了！」

駱以茜本來還哭著，聽馬小雅這麼說，馬上抬頭盯著她，半晌，才慢半拍的反問，「妳是……妳是說……我是妳的伴娘？」

馬小雅嘴角噙著笑，用力點頭。

「真的嗎？」駱以茜想哭，可是又忍不住想笑，面部表情有點扭曲，一副要笑又要哭的模樣。

「我的婚禮當然要請最好的朋友來當伴娘啊，這有什麼好懷疑的？」

「啊啊啊！」駱以茜又尖叫了，她又把頭埋進馬小雅的肩窩裡，哽咽地說：「怎麼辦？我又想哭了……」

馬小雅很無言。她從高中認識駱以茜開始，就知道她愛哭，但不知道她居然愛哭成這副德性。

照這種情形發展下去，駱以茜要是當她的伴娘，那婚禮恐怕會變成一場眼淚大會，說不定拜別父母時，哭得最慘的人會是駱以茜。不知道的人，搞不好還會以為其實駱以茜才是要出嫁的那一個人呢！

「妳太誇張了啦！」馬小雅推推她，說：「再這樣哭下去，我們到底還要不要吃麻辣鍋啊？我快餓死了。」

駱以茜抬起頭，吸吸鼻子，帶著哭音說：「當然要啊，我也快餓死了！」

馬小雅瞟了她一眼，問道：「那妳哭完了沒？哭完了我們就去吃鍋了，快點。」

「妳以為我愛哭？還不是因為妳才這樣。我一想到妳要結婚，身分證上的名字要冠上夫姓，以後大家看到妳都要叫妳杜太太，我就……我就有種……嫁女兒的心情嘛……」

「嫁妳個頭啦，妳也太入戲了吧？而且，現在都什麼時代了，誰結婚還會冠夫姓的？妳是活在五〇年代嗎？」

「現在沒人冠夫姓了嗎？」駱以茜有些驚訝。

以前還在念書時，她就想過，日後結婚的對象最好是姓劉或是姓謝。因為如果嫁給姓劉的，那她冠上夫姓後，就會變成「劉駱以茜」，唸起來像是「留駱以茜」，表示老公想要一輩子留住她；如果是嫁給姓謝的，她就變成「謝駱以茜」，表示老公一輩子都感謝她……

結果，現在居然已經不流行冠夫姓啦！真是太可惜了。

「早沒有了啦！太麻煩了啊，冠了夫姓，很多證件跟文件上的名字都要改掉，現在人們工作都忙，誰還有時間去弄那種東西？」

駱以茜頓時覺得頗為失落，不過她的失望只持續了兩秒鐘，緊接著她馬上又樂觀的自我安慰起來。反正她也從來沒認識什麼姓劉或姓謝的男生，所以想變成劉太太或謝太太的夢想，大概也實現不了了吧！那麼，冠不冠夫姓，也沒什麼差別啦。

馬小雅瞪了瞪她，用鄙夷的口氣說：「妳沒事要看看報紙或電視，增進一些常識，不要成天都只想著吃吃吃，小心吃肥了妳。」

不講到吃的還好，一講到「吃」這個字，駱以茜就餓了。

她決定不繼續討論這種對人生沒幫助的話題。

「馬小雅，我餓了。」駱以茜露出可憐兮兮的表情。

然後兩個女生走進麻辣火鍋店裡，點了一桌子的火鍋菜。

馬小雅比駱以茜更愛吃辣，她直接請服務生送大辣的湯底上來。

「吃這麼辣，沒有關係嗎？」駱以茜有點擔心。馬小雅可是快要當新娘子的人呢，吃這麼辣，腸胃受得了嗎？

「哎，妳不懂，我是故意的。」馬小雅露齒而笑，一臉得意。

「故意什麼？妳受了什麼刺激？」需要吃這麼辣來刺激腸胃！莫非是婚前憂鬱症發作？

「沒受什麼刺激啊。」馬小雅夾了塊肉片，在麻辣鍋裡涮了涮，放進嘴裡，咀嚼吞下後才說：「吃辣一點，回家就會拉肚子。拉個幾天後，我就能迅速變瘦了啊。」

聽完她的話，駱以茜覺得下巴已經掉到地上去了。

「妳……有必要這麼自虐嗎？」

馬小雅這樣減肥，恐怕人還沒瘦下去，就先得腸胃炎了吧！

「沒辦法啊，我們看好的結婚日期剩不到兩個月的時間，我根本來不及減肥。」馬小雅又從鍋裡夾了塊麻辣鴨血，吹了吹，直接往嘴裡送。

「妳又不胖！」

駱以茜伸手捏捏馬小雅的腰。連塊腰贅肉都沒有的女人，居然還敢說要減肥，到底是想逼死誰？

「我胖在妳捏不到的地方啦。」

「胸部喔？」駱以茜露出羨慕的表情，說：「那裡就更不用減了啊，那可是我朝思暮想想要增肥的部位呢，妳竟然還嫌自己的太大，有沒有良心？」

馬小雅瞪了她一眼，「妳很煩耶，有誰會想要減掉胸部的肉啊？我也想要增肥那裡啊……」

「那不然到底是想要減哪裡的肉？」

「大腿內側的肉。」

「妳有病嗎？減那裡的肉要幹嘛？妳根本就不會露出大腿內側給大家看到啊。還是……妳想在自己的婚宴上穿比基尼出場，造福全場的男性朋友們？」

這可就太香豔刺激了，說不定還有機會上電視新聞耶！駱以茜光想就覺得好期待，萬一那天鏡頭不小心照到她那裡，她一定會努力的對著鏡頭揮手，大聲喊，「爸、媽，我在這裡，我上電視了！」

馬小雅忍不住又瞪了瞪她。

「胡說八道，我那天可是要當個端莊嫻雅、眾人稱羨的新娘呢！不過呢，嘿嘿，」她頓了頓，伸出細長的食指，輕輕點了點駱以茜的額頭，奸詐狡猾地笑著，「我倒是可以考慮讓伴娘群全都穿三點式比基尼喔。」

「馬小雅！」駱以茜一聽色變，哇，這可不得了，她的身材只能穿兒童型連身小裙泳裝啊！她連忙緊緊抓住馬小雅的手，目光含淚，楚楚可憐地說：「我突然想到，妳結婚那天我可能會身體不舒服，所以妳就不用把我排進伴娘名單裡了，謝謝妳啊……」

這一陣子，楊允程上班上得很勤奮，幾乎天天都能看到他的身影。員工們都在臆測老闆到底是怎麼了？怎麼往年難得見到幾次面的人，這一陣子卻天天看得到。

於是，公司裡流言紛起……

有人憂慮地說：「該不會是我們公司出了什麼問題，所以老闆天天進公司來坐鎮？」

也有人這麼懷疑，「會不會是有人向老闆檢舉了什麼，所以他才會每天都進公司，暗中觀察我們？」

還有人懷疑，「難道是我們公司被其他公司併掉了，所以老闆才會進公司來整理文件，準備移交職務？」

人類的想像力，除了無限大，還無限可怕。

但楊允程天天來上班的原因，再簡單不過了，就是為了要……追女朋友。

他雖然每天都來上班，但大部分的時間裡，都把自己關在辦公室裡玩手機遊戲。就連王祕書都不時在工作中，接到他傳來的遊戲邀請或遊戲物資支援。

她反應過幾次，要他別再發遊戲邀請給自己，她是不會陪他沉淪的。

但抗議有理、反對無效。楊允程擁有「聽過瞬忘」的超能力，所以最後王祕書只好自己啟動無視功能。舉凡是楊允程傳過來的訊息，全都被她直接無視掉。

不過雖然不能陪他玩遊戲，協助送他遊戲能量或支援物資，但在追女朋友這方面，王祕書多少有出力。

譬如，她會找機會把駱以茜叫進自己的辦公室，拿一些待簽的文件給她，請她送去董事長室給楊允程。

又譬如，她會把幫楊允程買咖啡倒茶這一類本來屬於自己份內該做的雜事，轉交給駱以茜，幫他們製造相處的機會。

舉凡能跟楊允程面對面接觸的事，她全都會想辦法轉移給駱以茜去辦。

對王祕書這個戰友，楊允程心裡充滿了感激之情。

而駱以茜當然不知道這是刻意的安排，她只覺得最近的工作很多從文書變成跑腿小妹，一下子送文件、一下子買咖啡的，感覺她根本是來公司打雜的一樣……不過這樣也不壞，她因此多了好多可以跟楊允程相處的時間。再怎麼說，都是項福利。

誰叫老闆這麼有魅力。

只是，小羊最近都沒再約她一起吃晚餐了，她有點懷念坐楊允程的車去吃泰式料理的那兩天，他的車子座椅好好坐、車上的音樂好好聽，重點是……小羊又帥又有魅力……

但懷念不了多久，很快的馬小雅婚禮風風火火地展開事前準備。馬小雅一下子要試婚紗，一下子要試喜餅、一下子要去餐廳試菜，還有確認喜帖謝卡數量、賓客人數、喜糖要訂哪家的、婚禮伴手禮、婚宴小禮物……拉拉雜雜許多事。

有時小杜工作忙，沒辦法陪馬小雅，她就拉駱以茜陪。

所以馬小雅籌備婚事，駱以茜跟著累。

這天，駱以茜頂著兩顆熊貓眼去上班，精神十分委靡。

前一晚她又陪馬小雅試婚紗。但那女人大概是從處女星座來的，龜毛到一個不行，每件婚紗都試，每件都不喜歡。試到凌晨十二點多，婚紗店的工作人員受不了，委婉地說會再從別家分店調幾件時尚一點的婚紗過來，屆時再聯絡她們。馬小雅才肯離開婚紗店，讓工作人員下班。

走出婚紗店，馬小雅喊肚子餓，想吃宵夜，拖著駱以茜不讓她回去。駱以茜只好捨命陪君子，結果時間一拖延，回到家都已經快兩點了。

幸好第二天小杜排了休假，可以陪馬小雅繼續南征北討。而她只要撐過今天下班，就可以直接飄回家補眠。

林雨菲來上班時，一看到掛在駱以茜臉上的那兩圈「黑輪」，嚇得瞠大了眼，問道：「妳昨夜去當小偷啦？」

「別問了。」駱以茜累慘慘地趴在桌上，聲音都沒力氣了，「我高中同學快要結婚，結果我比她還累，昨天陪她去試婚紗到十二點多，試完她又說餓，拉著我去吃宵夜，等回到家時都已經兩點了。哎唷，累死我了……林雨菲，妳結婚的時候，也經歷過這麼一段非人哉的日子嗎？」

林雨菲搖頭，「我那時肚子裡懷著小米豆呢，婚紗根本就是隨便試，只要我老公說好、漂亮、可以、OK的，我全都拿。不到一小時，我就把結婚、歸寧和訂婚的禮服全都挑好了。」

「這麼厲害！」

駱以茜甘拜下風。她覺得自己應該介紹馬小雅跟林雨菲認識一下，讓她學習學習人家有效率的方式，不然依她那種挑東揀西的龜毛作風，恐怕搞到明年年底都結不了婚。

「不過就是結個婚嘛，弄那麼複雜做什麼？婚禮只是個形式，重點是婚後的生活，不是嗎？」林雨菲繼續發表高論。

「就是就是。」駱以茜小雞啄米般的拚命點頭。

「妳看那些影視明星、名媛富豪，都愛把婚禮弄得又奢華又浪漫。什麼百萬鑽戒，什麼手工禮服，什麼海島婚禮，什麼生死不離的誓言……一場比一場還要豪華奢侈，結果一堆人在結完婚之後，沒多久就玩完了！」

「沒錯沒錯。」駱以茜的頭繼續搗蒜。

「所以還是實際一點好，婚紗挑適合自己的，男人挑適合自己的，婚禮也挑適合自己的最好。」

「嗯嗯嗯。」駱以茜受益匪淺，握著林雨菲的手感動地說：「林雨菲，妳真是太睿智、太聰明了，我真該介紹我那個腦殘的同學來認識妳一下。」

林雨菲被誇讚了，得意到不行，雙手放在自己胸前，比了個「再來再來」的姿勢，說：「繼續誇、繼續誇，姊姊我聽得很開心啊。」

駱以茜被她的語氣逗笑了，抱著對方的手臂嘻嘻笑，氣氛很歡樂。

「駱以茜！」

正愉快地笑鬧著時，一個熟悉的聲音喚住她。

駱以茜回頭，看見楊允程站在王祕書的辦公室門口，對她招手。

她扭頭很有默契的跟林雨菲對視了一眼。

林雨菲用口形悄然無聲的對她說：「完了，死了！」

駱以茜則是吐了吐舌頭，又拍拍她的肩膀，小聲安慰，「沒事沒事。」

她走向楊允程，跟在他後面進了董事長辦公室。

進門後，駱以茜馬上機靈地問：「老闆，你今天要喝什麼？我去買。」

楊允程挑著眉，一臉笑意。

「昨天跟朋友喝了些酒，今天有點宿醉。妳說，喝什麼好呢？」

駱以茜想了一下，「聽說果汁最能解酒，我去幫你買一杯果汁吧。你要西瓜汁還是葡萄汁？柳澄汁也不錯，或者……蕃茄汁？」

「妳喜歡哪一種？」

「西瓜汁。」

「好，那就西瓜汁吧！買兩杯，一杯我請妳。」

「啊？」

「懷疑？」

「呃，不是不是。」駱以茜忙搖手，有點受寵若驚，小羊今天龍心大悅啦？怎麼想到要請她喝果汁？

「那是怎樣？」

「就是……就是覺得老闆人真好。」駱以茜笑咪咪地說。

「別誇我，等等我驕傲起來，不小心年底幫妳加了年終獎金，那要怎麼辦？」

「老闆除了人好，還英明睿智、英俊瀟灑、英氣逼人、英姿煥發……」

一聽到年終獎金，駱以茜原本昏昏沉沉的腦袋馬上清醒過來，平常不怎麼靈光的腦子，這會兒可靈活了，一連講了好幾個成語來捧楊允程，拍他的馬屁。

楊允程被捧得哈哈大笑，伸手制止她再說下去。

「好了好了，被再說了，說再多年終也不會多一個零的。跟妳開開玩笑，就妳會當真。這麼單純可不行，萬一被騙了搞不好還會幫壞人說情。」

駱以茜本來也沒指望他真的會加自己年終，再怎麼說，她還只是個新人，如果因為幫老闆跑跑腿買果汁咖啡而加了年終獎金，恐怕也會引起眾人的不服吧！

「我才沒那麼笨呢，你也太小看我了！」駱以茜揚頭得意地說，說完就往門外走，邊走邊說：「我先去買果汁啦。」

「記得我的冰塊……」

她頭也不回的走出去，聲音卻飄了回來，「知道啦，去冰。我早記著了。」

駱以茜走出去後，楊允程才慢慢從西裝外套口袋掏出兩張電影票。

他剛才把駱以茜叫進來，才不是要請她幫他買果汁呢！他是想約她去看電影。但不知道為什麼，一看見她，勇氣馬上消失殆盡，邀請也說不出口，只好編謊說自己前一晚宿醉……

盯著手上的電影票發呆，他心裡盤算著，等等駱以茜把果汁買來時，他到底要怎麼開口邀她？

也不是沒約女生看過電影，但是，要向駱以茜開這個口，好像有點困難？

難道是太久沒有邀約過女孩子約會，臉皮變薄了，自尊心變高了？

這兩張票還是王祕書早上拿給他的，說是去跟在影視公司上班的朋友要來的公關票。她先前打聽到駱以茜超級喜歡這部動作片的男主角，是他多年的資深粉絲，所以便自作主張找了朋友幫忙。

楊允程其實不太看電影，一來是找不到人陪著進電影院，二來，比起看電影，他更喜歡汗水淋漓的跑步。

許維婷還曾經因為他不陪自己去看電影，罵他沒文化又沒藝術細胞。

所以當王祕書把電影票交到他手上時，他在心裡掙扎了一下下。

「不是想追駱以茜？」看出他的猶豫，王祕書於是推了他一把，說：「不要以為約會看電影是老招，我跟你說，對女孩子來講，老招永遠是最有效的招式。」

「但我怕我會用鼻孔跟嘴巴看電影。」楊允程老實回答。「以前我跟朋友去看電影時，常常電影院只要熄燈，我就開始睡，燈亮，我就自動醒過來……每次都是睡整場的，不誇張。」

「看動作片也睡？」王祕書不相信。

「連看《海賊王》電影版都可以睡著，妳說呢？」

王祕書不可置信地看了他幾秒鐘，問：「所以，這兩張票你不需要了？」

也沒等楊允程的回答，直接抽回手上的那兩張電影票。

一見票被抽走，楊允程馬上動作迅速的又把它搶回去。

「誰說不需要了？」他把票抓得緊緊的，說：「做人要懂得一點分寸，怎麼可以這麼辜負妳朋友的一片苦心呢！」

王祕書不由得失笑。

「那你加油！失敗了就不要回來見我。」

然而，在心底排演了十幾分鐘的台詞，一見到駱以茜之後，瞬間全都被咬死在舌尖，吞進肚子裡去了。

他在心裡不斷怒罵自己，「你可以再沒用一點啊，楊允程！」

這是他第一次這麼鄙視自己，國中時把妹的那股不怕死決心跟死纏爛打的厚臉皮，怎麼隨著年歲的增長全都消失不見了？

有個客戶曾經對他說：「追女朋友真的是不能太紳士啊！一紳士，對方就會跟你保持客套的距離。其實偶爾要點流氓，反而容易讓女孩子傾心，畢竟有點壞壞的男人，在女孩子心中，才是最有魅力的。」

要流氓？他以前最會了。到底以前學生時代時也叛逆過一段時間。那時初戀女友懷孕墮胎離開他，他的人生走到了生命的最谷底，在毫無任何希望的情況下，像浮萍一樣，無根無靠地浪蕩了一段時光。最後還是一個父執輩的長輩看不下去，找他深談了一番，才把他拉回來的。

結果走回正途，時間一久，他反倒忘了以前是怎麼耍流氓把妹了。

坐在辦公桌前想了半天，還是想不出來要用什麼理由開口邀駱以茜，只好把電影票放在桌上，先回覆電子郵件。

沒多久駱以茜就捧著兩杯西瓜汁回來了。她興沖沖走進董事長室，拿出他要的去冰西瓜汁放在楊允程桌上，揚著可愛的語調說：「老闆，你的西瓜汁回來囉！」

楊允程抬起眼，正想鼓起全身的勇氣告訴她，手邊剛好有兩張公關票，晚上要不要一起去看電影時，駱以茜已經眼尖的發現桌上的兩張票了。

她先是「咦」了好大一聲，接著抬頭看著他。

楊允程頓時有了「大魚上勾」的預感，正要開口邀請時，駱以茜搶先說話。

「小羊……不，老闆，你怎麼有這兩張票？」

「是朋友給的公關票。」

「公關票的意思是……不用錢的嗎？」

「是啊。」

「哇，好棒！原來當老闆就會有這種福利？」

「也、也不是啦……」

楊允程汗顏，這也是他第一次拿到這種公關票，還是王祕書去跟人家要來的。要是沒有王祕書，他也享受不到這種福利啊！

「所以老闆，你認識這部電影的男主角嗎？他好帥，對不對？」駱以茜一講起偶像，眼睛就像冒出愛心泡泡一樣，整個人都精神振奮起來。

楊允程心裡很不是滋味。男主角是誰，他根本就不知道，說不定是個身心有缺陷的傢伙！就算沒有缺陷，他也要壞心的詛咒對方。而且，光帥一張臉有什麼用？做人講求的是實力跟競爭力，不要老用帥臉來誘騙無知的小女生嘛，久了，人家也會免疫的。

「呃，我跟他也……不是那麼熟，所以看不出來他帥在哪裡。」

楊允程已經盡量婉轉了，好歹是駱以茜的偶像，就算他再有敵意，也要看在駱以茜的面子上，不要表露得太明顯。

「那老闆，你這兩張票有沒有要邀人一起去看？」駱以茜又問。

咦，事情不會這麼順利吧？他都還沒開口邀她，她似乎已經自願上勾了……

「沒有。」楊允程頓了頓，又開口：「其實我……」

「那老闆這兩張票送我吧！」駱以茜只聽到他說「沒有」，後面就沒在聽了。她興致高昂地指著桌面上的電影票，興奮不已地說：「我有個朋友跟我一樣，都是男主角的死忠粉絲，昨天還在討論要找時間去看這部電影呢！」

「對方是男的？」

「女的。」

「那……」

楊允程才剛開了口，駱以茜就雙手合十，按在胸前，一副可憐兮兮的拜託模樣，懇求他，「老闆，你這兩張票如果不用，可以送我嗎？」

楊允程根本就拒絕不了，只好裝作毫不在意地說：「拿去吧。」

「哇！」駱以茜歡呼著拿起電影票，放在嘴邊親了兩下，又笑咪咪地拍楊允程的馬屁，「老闆，你人真好。」

楊允程只能陪笑啊，不然還能怎麼辦？

他想起剛才王祕書說的那句話「失敗了就不要回來見我」。這下可好了，他居然真的失敗了！實在也沒臉去見王祕書……

晚上駱以茜回到家，吃過飯後就衝回房間，滿心歡喜地撥打馬小雅的手機。

電話很快被接通，她壓抑著激動的情緒，但壓抑不住亢奮語氣，「馬小雅，我們老闆給了我兩張電影票，是麥特．戴蒙新上映的那部電影啊，妳不是一直說想要去看？我們要不要約……」

話還沒說完，馬小雅已經出聲打斷她了。

「我現在正在跟小杜談分手的事，沒心情看電影！」馬小雅的聲音很冷。

「……」

駱以茜的笑容僵在臉上。只聽見電話那頭傳來小杜的聲音，「小雅，妳不要這樣。」

「你放手！馬上、立刻、right now！」

緊接著，小雅怒氣沖沖的聲音透過手機傳過來。話當然不是衝著駱以茜說的，不過光聽這說話的語氣，就可以想像小杜完全沒了男人氣慨、可憐兮兮的哀求模樣。

大概是小杜沒聽話的放手，馬小雅的聲音更怒了。她威脅小杜，「你再不放手，我就要尖叫了喔！」

不是就要結婚的人嗎？怎麼還是動不動耍脾氣鬧分手？駱以茜覺得馬小雅真的很幼稚。而小杜肯定是男人中的男人，敢娶馬小雅這種喜怒無常的女人，勇氣必然也是異於常人。

「欸，馬小雅，妳冷靜點，有事用說的就好，不要一不開心就說要分手嘛！」

駱以茜聽不下去了，忍不住出聲勸她。

結果也不知道馬小雅到底有沒有聽到她說的話，總之她才一講完話，就聽到「嘟」的一聲……她被掛電話了！

這個瘋女人！

駱以茜忍不住在心裡直接咒罵了她一句。

老是欺負愛她的男人，難道她都不會良心不安嗎？萬一哪天小杜真的不愛她了，要跟她分手了，看她要怎麼辦！

她看了看自己手上兩張電影票，一整天的好心情就這麼硬生生被馬小雅給破壞了，這該死的傢伙！

算了，不找她看電影了，找別人去看好了。

駱以茜點出手機通訊錄，找到林雨菲的電話打過去。

「喂，幹嘛？」

電話才響兩聲，林雨菲就接起來了，旁邊還有小米豆稚嫩的說話聲，問媽媽是不是奶奶打來的電話？她要跟奶奶講電話。

林雨菲把電話拿得稍遠一些，用溫柔的聲音對小米豆說：「不是奶奶打來的，是公司裡的漂亮阿姨打來的。小米豆乖，媽媽跟阿姨說一下話好不好？」

小米豆乖巧地回答了聲，「好。」就不再出聲了。

「怎麼了？」

林雨菲的聲音比剛才近了一些。

「我有兩張老闆給的電影票，明天是小週末，妳要跟我去看嗎？」

「哪一部？」她問。

駱以茜把片名告訴她。

「沒聽過。」林雨菲頓了頓，又問：「誰演的？」

「麥特．戴蒙。」

「不是我的菜，沒興趣。」林雨菲拒絕得可真徹底。

然後她說她已經很久沒去電影院了，為了小米豆，她下了班就直接變身為宅女，家裡的電視頻道也都只鎖定在親子台跟幼幼台。自己像不食人間煙火一樣，除了上班，根本是與世隔絕。

「妳找別人去看吧！如果那部電影是卡通，我還可以加張票帶小米豆去，不過那是部動作片，我怕帶孩子去，螢幕裡是爆破片，螢幕外是暴動片……太刺激了，孩子可能招架不住。」

駱以茜只好放棄林雨菲。

然後她開始在通訊錄名單裡滑來滑去……幾個大學死黨都是南部人，沒有人會這麼有心，特地請假坐車北上陪她去看電影。高中同學裡失聯的失聯、失蹤的失蹤，唯一跟她維持萬年不變姊妹情的那一個，現在正沒事找事做的在跟未婚夫談分手。國中同學就更不用說了，大概連在路上碰面都不認得了。

駱以茜覺得人生真悲哀，異性緣不佳也就算了，居然連朋友都沒幾個，連要找個人出來看場電影也要絞盡腦汁，腦汁絞完了，還是沒人選。

正徹底絕望的時候，她看見自己的通訊錄裡有個名字……「帥氣魅力羊」。

她憶起這是先前和楊允程不熟時，只知道他的小名，私自幫他取的綽號，後來雖然知道老闆的全名，但沒把正名這件事放在心上，也就一直忘了要改。

看著螢幕上的那五個字，她呆呆傻笑。

楊允程啊，他真的人很好。對員工很好，對她也很好。

進公司這幾個月，她還沒見他真的發過脾氣。雖然林雨菲說老闆曾經在高階主管會議裡生氣摔過杯子，不過對員工他卻始終是溫文和善的。

駱以茜每天進公司，最期待的就是見到他、跟他說上幾句話，這樣一整天的情緒就像被鼓舞了一樣，振奮而高昂。

不如約老闆一起去看電影好了？反正電影票也是他給的，拗了人家的電影票，多少也該有點表示才算禮貌……不然看完電影再請他去吃晚餐好了。

……可是約老闆看電影吃飯，好像很奇怪啊！她分不清楚自己現在跟老闆的關係，到底算不算是朋友？最近他們在公司聊天的內容，全都跟公事有關，私底下，兩個人就像平行線一樣，再也沒有多餘的交集；頂多就是楊允程會在她早上坐公車去公司前，傳訊息到她手機裡，請她順便幫他帶一杯咖啡進來……

唉，她好掙扎啊！好想去看電影，又不想要自己一個人去。約老媽去也很奇怪，況且駱老媽有「看電影秒睡症」，只要電影院的燈光一熄，影片開始播放，她就會瞬間入睡。而駱老爹就更不用說了，他看電視會邊看邊發表評論般的碎碎唸，看電影就更可怕了，唸整場的，唸到坐他旁邊的駱以茜都想朝他丟爆米花。

掌心裡握著手機，她頹喪地倒在床上，扯了顆抱枕抱在胸前，在床上滾過來滾過去，腦袋裡還在思索到底還有沒有人選時，突然聽到自己的手機竟然發出好幾聲「喂喂喂」的聲音。

她嚇了一跳，差點把手機丟出去。農曆七月已經過完了，怎麼手機還會出現靈異事件？

後來她鎮定情緒，把手機貼近耳朵，小小聲的、膽怯的「喂」了一聲。

「駱以茜，怎麼了？」對方問。

「老闆！」駱以茜吃驚的睜大眼。有沒有這麼玄？怎麼剛才才想著老闆，老闆就打電話過來了，莫非是他跟她……心有靈犀？

她正想問他這時間打電話過來，是不是有什麼事時，楊允程又說話了。

「怎麼了嗎？怎麼突然想到要打電話給我？」

咦，不是他打過來的嗎？

駱以茜想到剛才自己抱著抱枕滾來滾去時，手機的螢幕，好像還停留在楊允程名字跟電話的那一頁，該不會是她在滾床的時候，不小心壓到手機螢幕，電話就撥出去了？

哎呀！人緣差也就算了，還那麼笨，她到底是為什麼來到這個世界上呀？

「呃……也沒什麼事啦！就是拿了兩張電影票，卻忘了跟你道謝，所以打電話來跟你說一聲謝謝。」

很好！雖然有先天性笨蛋的缺陷，不過幸好還有後天的機智反應能力可以補救。駱以茜拍拍自己的臉頰，覺得自己還是很聰明的。

「不客氣。」楊允程在電話那頭輕輕笑著，「約到妳朋友去看了嗎？」

「沒有。」駱以茜洩氣地回答，「我那個很想看電影的朋友，最近很忙，一邊忙著籌備結婚的事，一邊還忙著跟她未婚夫吵架，沒空陪我去。」

「沒找其他人？」

「我在台北沒什麼朋友。」回答得真心酸。

電話那頭安靜了幾秒鐘。

然後，楊允程的聲音傳了過來。「如果妳不介意的話，明天，我陪妳去看吧。」

駱以茜從房間出來，開冰箱拿果汁的時候，駱老媽正好也在廚房。她看了駱以茜一眼，隨口問了一句，「什麼事，這麼開心？」

「有嗎？」駱以茜下意識的摸摸自己的臉，看著老媽。

「笑得嘴都要咧到耳邊去了，還沒有?怎樣，中樂透？」

「怎麼可能，我又沒有偏財運，根本就不買樂透，妳又不是不知道。」

「中了別藏私啊，一定要拿出來分一些給妳老爸跟我，才不枉我們相識一場。」

駱以茜受不了到簡直要翻白眼了。她問：「媽，妳最近是不是又看了什麼古裝劇？」

「妳怎麼知道？」駱老媽大驚。

「因為時裝劇根本就不會說出什麼『相識一場』這麼文謅謅的台詞啦。」駱以茜拍拍老媽的肩膀，表情真摯，「媽，妳不要每看一部劇就入戲一次，不然跟妳講話，我都很累。」

幸好到目前為止，還沒有一部戲是整齣都比手語的，不然萬一哪天駱老媽又入戲了，非得用手語跟她溝通，她一定馬上崩潰。

駱老媽不理她，端著切好的蘋果問：「要不要吃？」

駱以茜搖頭。手裡捧著冰涼的果汁，想到明天晚上跟楊允程有約會，又說：「媽，我明天晚上不回來吃晚餐了，妳不要煮我的。」

「有聚餐喔？」

「不是，跟同事要去看電影。」

老闆應該也算是公司同事吧！

駱老媽撿起一塊蘋果，咬了一口，不是很在乎的問了句，「誰啊？」

駱以茜咬著唇，猶豫要不要告訴駱老媽實話。如果老實說了，依老媽的個性，一定會胡亂猜測一番，但不說的話，萬一事後被抓包，她又會很尷尬。

很為難啊！

「該不是你們老闆吧？」

駱老媽見她不乾不脆遲疑不出聲的樣子，心裡馬上有了答案。

「妳怎麼知道？」駱以茜吃驚的表情，讓答案更是昭然若揭。

「猜的。」駱老媽聳聳肩，一副「那又沒什麼難度，是妳自己道行太淺」的神氣。

駱以茜怕駱老媽想歪，決定先幫她打預防針。

「欸，媽，我先說清楚喔！我老闆跟我，真的只是朋、友、關、係喔，妳不要又想歪了。」

她特別強調「朋友關係」這四個字。

「我又沒說什麼，妳作賊心虛喔？」駱老媽冷冷地瞟了她一眼，反將她一軍。

「呃！我……反正就是這樣啦，我們之間清清楚楚、明明白白的，妳千萬不要亂想。」她一急起來就自亂陣腳，語無倫次。

駱老媽不理會她的自白，淡淡問了句，「只有你們兩個人？」

「嗯。」駱以茜用力點頭，「因為只有兩張票。」

當媽的才不管有幾張票呢！她只看到駱以茜點頭，心裡就有數了。

一見駱老媽的眼神不太對，駱以茜馬上急著幫自己澄清。

「真的啦，票只有兩張嘛！而且又是麥特．戴蒙的新片……妳也知道，我很喜歡他啊，有免費的票為什麼不要去看？我本來想約馬小雅，但她忙著結婚跟折磨小杜，沒空理我嘛！公司其他的同事也是有事的有事，跟我不熟的不熟，沒辦法，只好跟我們老闆一起去看。反正他本來就是我的朋友啦……媽，妳真的不要想歪啦！」

「我想歪會怎樣？想歪了，妳就不會跟妳老闆去看電影？」

駱以茜看著老媽，輕輕搖了幾下頭。

怎麼可能不去！她心裡甚至還有些期待呢。老闆是個多麼有魅力的成熟男人啊，走在他身邊，享受別人向他們投射過來的關注眼神，感覺肯定超威風，多少能滿足一下她身為女人，旁邊站了個打扮時尚帥哥的小小虛榮心。

「既然不會，那妳管我怎麼想。」

對啊，我管妳怎麼想，反正我也控制不了妳心裡的想法，何必作繭自縛？

這麼一想，駱以茜單純的小心靈立刻撥雲見日了，一下子又開心起來。

「媽，我問妳啊。」下一秒，駱以茜已經挨到母親身邊去，抱著媽媽的手臂，親暱地問：「如果有一天啊，我是說如果喔……如果有一天，我不小心跟我們老闆交往了，妳會反對嗎？」

「等到有一天，妳的如果發生了，我再跟妳說我的答案。」

有問等於沒問，真是白搭了。

駱以茜不死心，又纏著駱老媽。「我是說如果嘛！妳不會假設現在我們正處在這樣的假設狀況裡嗎？快說，我想知道，心裡好有個準備。」

駱老媽瞅著她，表情認真地問：「你們真的在一起了喔？」

「沒有啦，我不是說了嗎？是如果、假設、萬一。」

「妳剛才沒有說到『萬一』這個詞。」

「媽！」駱以茜快失去耐心了，「妳不要挑我用詞好嗎？我們的重點不是在那裡！」

駱以茜覺得駱老媽以前念書時，成績一定很差，因為常常抓不到重點。

駱老媽沉默了一下才說：「我覺得不妥當。」

她正吸了一口果汁，聽媽媽這麼說，嘴裡那口果汁差點就噴出來。

「為什麼？」

「因為他是老闆，而妳是他的員工。」

邏輯很正常，但就因為一個是老闆，一個是員工，就不能在一起？這說法太奇怪了。

駱老媽頓了頓，開始分析，「駱以茜，妳想啊！妳的個性就是死心眼，喜歡一個人，一定是掏心掏肺、死心塌地，可是有幾個男人可以像妳一樣掏心掏肺、死心塌地的只愛妳一個女人呢？尤其還是個事業有成、日進斗金的男人。我不是說你們老闆就一定是不專情的男人，但妳看看他，都幾歲的人了，怎麼還沒有固定交往的對象呢？之前聽妳魏伯伯說，他也不太跟女生鬧緋聞，那時我就在想，這個人是不是性格上有缺陷？不然他要什麼樣的女人會沒有呢？妳魏伯伯跟其他股東們也介紹過好幾個對象給他認識，都是些企業千金或名媛淑女，但他就是沒一個人看上眼的。妳說，他這樣不是很奇怪？」

駱以茜不認同，反駁她，「說不定就是沒有遇到喜歡的人嘛！又不是看對方長得漂亮就一定會喜歡，人跟人在一起，還是要看緣分啊！月老是把紅線綁在兩個適合的人身上，不是綁在漂亮的人身上啊。」

「妳這麼說也不是沒有道理，但我就覺得如果跟自己的老闆談戀愛，風險是很大的。難道妳就能保證你們的感情可以一直持續下去，最後順利結婚？萬一分手了呢？如果分手了，在公司還得朝夕見面不是很尷尬？對方是老闆，不可能辭職，那到最後離開的人會是誰呢？」

駱以茜真的很不想認同老媽的論點，可是，又好像不得不認同，她講的確實有些道理。

駱老媽看看她有些喪氣的表情，安慰似的拍拍她的肩膀，說：「妳也別太難過，天涯何處無芳草，何必單戀一枝花！」

又亂用成語了！駱以茜忍不住瞪她。

「我才沒有單戀。」她大聲聲明。

「對，沒有單戀，只是暗戀。」駱老媽又拍拍她，「老媽明白，老媽年輕時也暗戀過，這種感覺我太知道了。沒關係，哭一哭就會好了，頂多就是行屍走肉個幾個月，也就慢慢痊癒。」

「我也沒有暗戀啦！」駱以茜滿臉黑線。

「沒關係、沒關係，妳害羞不敢承認，媽明白的。」

駱老媽一臉「我可以理解」的表情，又用力的抱了一下駱以茜，把駱以茜的臉按在自己的胸前。駱以茜在她懷裡用力掙扎，但老媽體型太大隻，她掙扎了一下子才勉強掙脫母愛的懷抱。

駱以茜大口大口地呼吸，剛才她差一點成了第一個因為媽媽的擁抱太激烈，而窒息在母親胸前的個案。

「媽，我先說明……」

她真的很討厭被誤會。雖然她確實不能否認自己很欣賞老闆，也作過與楊允程交往的美夢，但在曖昧期時，她不喜歡被誤會自己在單戀或暗戀老闆，她覺得那對她的人格是種汙衊，怎麼不說是老闆暗戀她或單戀她呢？

如果說法反過來，她就可以接受，也不會像現在這樣，需要嚴正聲明了。

「第一，我沒有單戀我們老闆；第二，我也沒有暗戀我們老闆；第三，我跟他真的是朋友，像朋友一樣很正常的吃飯聊天，沒有牽手也沒有更進一步的交往動作。」駱以茜停了一會兒，看駱老媽的臉上沒有什麼明顯的改變，才又說：「如果哪一天，我真的跟我老闆有什麼，我一定會跟妳和老爸說，絕對不會隱瞞。就像妳說的，我都已經二十六歲了，很快就會三十歲，這年紀談戀愛也是很正常的事，沒有隱瞞的必要。」

「談戀愛很正常，但我希望對象不會是妳老闆。」

「媽，這種事，沒有人可以說得準的。喜歡就是喜歡了，緣分如果註定要跟這個人在一起，那是怎麼樣也分不開的，對不對？」

駱以茜的聲音柔和而堅定。

「如果那個人不屬於我，那我們不管再怎麼努力，也沒辦法再一起；如果那個人就是我的一生一世，那就算我逃得再遠，到最後，還是會回到他身邊啊！這已經不是要不要或願不願意的問題，而是宿命了。」

駱老媽不再說話，駱以茜看著她，也跟著沉默。

良久後，駱老媽終於開口，「我是為妳好。」

她明白地點頭，「妳向來都這樣，我知道。可是我的未來是我自己的，妳能陪伴我，但不能左右我，再好再壞，都是我的人生。」

駱老媽點點頭，又沉默了一下，才說：「其實，我能感覺妳老闆對妳不太一樣，他可能喜歡妳。」

「啊？」駱以茜張了張嘴，說不出話來，心臟突突亂跳。

「這是老媽的直覺。我的直覺向來很少錯的。」

駱老媽的臉上有些許得意，駱以西立刻感覺媽媽好像故意在唬自己，心跳馬上慢了下來，慢慢的，臉上也不躁熱了。

「我去洗澡了，明天還要上班呢。」駱以西一面把喝完果汁的杯子拿到洗碗槽沖洗，一面說。

「嗳，妳不聽聽我的分析？」駱老媽向來喜歡充當心靈導師。這一點，她跟馬小雅頗有相似之處。

「不用了，我累了。」再說，那種沒營養的話還是少聽為妙，免得被洗腦成腦殘。

「妳這麼容易就累啊，是不是肝不好？肝不好就要去醫院檢查一下，不可以拖，會拖出大毛病的。」駱老媽在駱以茜身後喊。

「我的肝好到人生到處都是彩色的，妳不用擔心，晚安。」

說完，駱以茜閃進房裡，關上門，把駱老媽的嘮叨也一併關在門外。

隔天早上睡醒，駱以茜已經忘了前一夜跟老媽討論時那不怎麼愉快的過程。

天氣很好，天空藍得沒有一片雲，在等公車的時候，駱以茜就用手機把一整片藍天拍下來，放上自己的部落格，照片底下寫著：「天很藍，風很輕，心很寬，世界很美好。」

然後公車來了，她收起手機，擠上公車。

因為晚上要跟楊允程看電影，所以她一整天的精神都很亢奮，工作效率特別高，連不常稱讚人的王祕書都對她刮目相看，連著對她說了兩次「很好」，讓駱以茜的好心情簡直攀上了最高峰。

下午她因為提前把工作完成，有了點自由時間，於是打開部落格看了一下。

早上發的那張藍天照片下面多了好幾則留言。

有人問她今天怎麼沒寫美食文，改發心情分享，是不是準備從美食部落客跨領域當心靈輔導員？

也有人問她，是不是談戀愛了？說戀愛中的人特別容易為一件平凡小事感動或感傷。

還有人問她，最近都在忙些什麼，怎麼很久沒上來跟大家分享餐廳美食，好不容易等到她發文，竟然是張藍天圖。

留言的人，幾乎都是常在她的部落格跟她互動的網友。不過，駱以茜留意到第五則留言的人，署名叫「小羊」。

駱以茜想起老闆的小名也叫「小羊」，情緒有點激動，把滑鼠移到署名底下按下去，電腦視窗跳出一個新畫面，系統連結到小羊的個人部落格去，不過裡面什麼東西也沒有，看上去像是新註冊的帳號。

小羊在她的文章底下留言說：「天很藍很美，風很輕很柔，心很寬很好，世界因為妳而變得更美好。」

那則留言下面多了好幾篇「推五樓」的留言，還有人誇張的寫著「五樓讓我戀愛了」！

也有人問：「五樓的，你這是一種告白的概念嗎？」

但那個小羊沒回覆任何人的問題，而駱以茜則好奇，這個小羊到底是不是楊允程？

這是第一次，駱以茜覺得看留言居然可以看到她情緒緊繃、心臟亂跳。

她留意到五樓的留言是早上九點多時發上去的。但早上十點左右，她曾幫老闆買冰拿鐵，送進辦公室時，老闆的臉色並沒有什麼異常啊。

說不定只是個碰巧同名的傢伙而已。她勸自己，沒必要為這種路人甲而令自己本來美好的心情焦慮。

說服完自己後，駱以茜就關掉部落格，打開電子郵件，看看有沒有需要回覆或上報主管的郵件要處理。

一忙，那些瑣碎的小事，也就馬上丟到一旁去了。

一直忙到下班時間，坐在她隔壁的林雨菲開始收拾桌面，一邊整理一邊義憤填膺的對著駱以茜抱怨。

「欸，妳知道嗎？剛才李姊傳訊息給我，說今年的員工旅遊要辦環島旅行耶！我的天啊，為什麼不是出國？去年跟前年我都要帶小米豆，沒辦法參加公司的員旅，今年我婆婆說小米豆長大了，比較不黏我了，如果員工旅遊要出國，她可以幫我帶孩子。結果我期待了一整年的國外旅行，公司居然決定今年不出國！這到底是哪個腦殘的傢伙提出來的啊？真是太傷我的心了。」

駱以茜不知道提案這麼快就闖關成功，她噤若寒蟬的大氣都不敢喘一聲。萬一讓林雨菲知道她就是那個腦殘者，那她一定會被狠狠唾棄。

「害我都沒力氣工作了！今年的員工旅遊，我還是放棄參加好了，在家陪小米豆比較實在。」

駱以茜覺得自己應該要說些什麼，腦袋飛快地轉了轉，然後說：「不然妳帶小米豆一起參加啊，反正是在國內，應該沒有什麼水土不服的問題。」

「才不要！妳不知道當媽媽有多累，員工旅遊就是不帶小孩才能好好休息。」

林雨菲說完，又哀嚎了一聲，整個人趴到桌上去，幽幽哀怨著。

「為什麼今年不出國？隨便去哪一國都好啊，就算是去很近的香港或泰國，我也沒關係啊！為什麼偏偏就是要在台灣？」

「其實台灣也不錯啊。」

楊允程不知道什麼時候冒出來，他一出聲，林雨菲就像突然被什麼東西扎到一樣，馬上跳起來坐好。

楊允程不以為意地笑了笑，說：「不用那麼緊張，反正都下班了，輕鬆一點，我不會扣妳年終的。」

林雨菲跟著陪笑，「老闆你真是個好人。」

駱以茜偷偷瞪了她一眼，心裡暗暗叫苦：怎麼搶我台詞？那是我的專用語耶。

「我覺得台灣真的很不錯，大概因為我們都生活在這片土地上，太習以為常它的景色，所以忽略了它的美。但其實台灣有很多地方是很棒的。我們往年去了那麼多國家，卻沒有一次留在台灣看看這塊我們生長的島嶼，所以我才會在開會時提議今年的員工旅遊留在台灣環島，讓同仁們也認識這塊有山有水、大自然恩賜給我們的土地，到底有多麼美麗。」

老闆都說話了，林雨菲當然大氣都不敢喘一聲猛點頭，還非常馬屁的連聲頌揚，「老闆，您說得真是太好、太對了！對不起，剛才是我短視、我膚淺，我胡言亂語，您千萬不要見怪。」

駱以茜斜睨了她一眼，忍不住唾棄她來。

這女人見風轉舵的功力未免也太強了吧！她怎麼從來不知道，原來林雨菲拍起馬屁來才真正是高手中的高手、強手中的強手，以前實在是太小看她了。

楊允程又像要安員工心一樣的補充了一句。

「妳放心，這次的旅遊雖然是在台灣，但食宿方面是不會讓大家失望的。我會用高規格的行程來要求旅行社，盡量讓大家玩得開心、吃得盡興。」

他這句話一出，林雨菲就馬上笑了，臉上有安心的表情。

「謝謝老闆。」她喜孜孜地說。

楊允程說了聲「不會，應該的」，就把目光移到駱以茜身上去，問：「妳收拾好了嗎？要走了嗎？」

駱以茜的臉瞬間躁熱了起來……哎！楊先生，咱們現在還在公司裡啊，你這麼直接的問法，是會讓大家誤會的。

果然，偷偷抬眼掃視了辦公室一圈，真的有好幾個同事在聽到他們對話的同時，全都朝他們這邊好奇地張望過來，其中自然包括林雨菲。

楊允程卻像沒事人一般的又追問了一句，「電影票帶了嗎？等等先去吃飯，吃完飯再去劃位吧。」

駱以茜只覺得自己的腦袋連續「轟轟轟」的響了好幾聲。

而下一個感覺就是……完了！下星期她一定會變成辦公室裡，大家茶餘飯後的八卦對象了。

這一刻，她真的好想死。

承受著辦公室同事們「關切」的眼神，駱以茜簡直是「舉步維艱」地跟在楊允程身後走出辦公室。

車上，楊允程問她晚餐想吃什麼？駱以茜沒有想法，楊允程就帶她去吃了簡單的韓國銅盤烤肉套餐。

駱以茜胃口奇佳，沒一會兒工夫就吃光了自己的餐點。

「妳忘了拍照。」

駱以茜吃完時，楊允程的餐點還剩一半，他激賞地看著以秋風掃落葉之姿飛快解決掉眼前食物的駱以茜一眼，提醒著她。

「喔，對噢。」駱以茜露出懊惱的表情，說：「太餓了，忘了要拍照。」

「妳的部落格也好像有一段時間沒放新的美食推薦上去了。」

駱以茜睜大眼，盯著楊允程。「你怎麼知道？」

「我偶爾會上去看看。」楊允程回答得很自然。

聽見他的回答，駱以茜的心跳很沒志氣的又亂了拍。

「那個……我……」

「不過妳今天早上放上去的藍天照很漂亮。」

駱以茜的心臟再次沒力了幾秒鐘。

楊允程說完，沒事人一般的繼續吃著自己的晚餐，又問駱以茜肚子還餓不餓，要不要多吃點肉？

駱以茜搖搖頭，腦袋有點混亂，簡直沒辦法思考，然後她聽見自己的聲音問道：「今天在我部落格留言的那個五樓小羊……是你嗎？」

「是啊。」楊允程不經思索的直接回答，「看到妳寫出來的文字，不知道為什麼突然很有感觸，就順著妳的話接續下去說。」

「你留完言，就沒再上去看了嗎？」

「嗯，對啊！」楊允程點頭微笑，「之後忙著跟幾個客戶通電話討論明年度的訂單量，沒再上去了。」

駱以茜暗暗鬆了一口氣。幸好啊，那他一定沒有看到下面那一堆回覆他的留言。

「晚點我再上去看看。」楊允程揚眉笑著。

「啊啊，不用不用。」駱以茜拒絕得太快了，引來他的側目，她馬上故作沒事的在臉上堆滿笑，其實心裡緊張得要死。「我是說，看完電影，時間應該也差不多晚了，回家就趕快洗澡睡了吧，沒上去看也沒關係……反正今天晚上我也不會再更新部落格了，不上去也沒關係啦，我說真的。」

駱以茜的手心不斷冒著汗，感覺心臟都快要跳到衰竭了。

楊允程看了她幾秒鐘，點點頭，同意地說：「嗯，也對。」

她頓時放下心，暗暗提醒回家一定要刪留言，不能讓老闆看到下面那一堆詢問他是不是在告白的留言。萬一楊允程很認真回覆了那些留言，不管答案是如何，她的心臟都無法承受。

人家的心臟很小顆啊！

吃飽後，兩人去電影院劃位。

小週末的電影院裡人很多，大部分都是年輕人，一群一群的。聚在一起聊天時，都笑得很張狂、很青春，聊的話題很沒營養，卻很開心。

駱以茜站在一旁等楊允程去排隊劃位，聽著身旁的那幾個學生在講學校教授的趣事時，笑得特別誇張，她也忍不住揚了揚嘴角。想起自己也曾經有過這麼一段無憂無慮的歲月，總喜歡跟幾個志同道合的同學聚在一起講一些沒有營養的話題，講完再一起哄堂大笑……突然好懷念那一段幸福的時光啊。

於是，她走到電影院門口，拍下電影院門口閃著螢光色的戲院招牌，把照片上傳到部落格去。

「跟朋友來看電影，聽到身旁幾個年輕人閒聊著一些沒什麼營養、但是很歡樂的話題，突然想念起自己的青春時光。」

照片下面，她放上這樣的字句。

分享完畢時，楊允程正好走過來，問她，「我劃到八點四十分的場次，距離現在還有十五分鐘，妳要不要吃什麼？」

雖然才剛吃過晚餐，肚子還呈現飽到塞不進什麼的程度，不過看電影不就是要吃爆米花、喝可樂，才有進電影院的fu嗎？

於是，他們又買了爆米花跟可樂。

進到放映廳後，駱以茜坐在座位上，一面期待電影播放，一面咬著可樂吸管，有一口沒一口的吸著飲料。等會兒就可以看到麥特．戴蒙的帥臉了！光這麼想，就覺得自己的小宇宙裡瞬間開滿了鮮花朵朵。

坐在一旁的楊允程提醒她把手機調成靜音，又玩了一下手機。

沒多久，放映廳裡的燈轉暗，大螢幕上播了幾部廣告。駱以茜抱著爆米花，一口一口地吃起來。

楊允程買了一個大桶的爆米花。他喜歡鹹味的，但駱以茜喜歡甜的，所以他買甜的，兩個人一起抓著爆米花吃。

廣告完畢後，電影廳裡的燈全熄了，電影正式播放，駱以茜既期待又緊張，雙眼睜得大大的，情緒有點亢奮。她一緊張或太開心，就會抓著眼前的東西猛吃，電影才剛開始，一大桶爆米花就被吃掉了一半，而楊允程才吃了三口。

「要不要我再出去買一桶？」楊允程靠在她耳邊小聲地問。他覺得駱以茜看起來很餓的樣子。

「啊！」她偏過頭去看了楊允程一眼，一臉不解的表情，說：「為什麼？這裡還有半桶啊！」忽然想起那一桶爆米花一直被自己抱在胸前，有些害羞地把爆米花推到楊允程面前。「對不起，我忘了，這一桶是我們兩個人要一起吃的。」

「我不是那個意思。」楊允程的聲線很溫柔，「我是怕妳吃不夠。」

「不會不會……」

駱以茜一聽，猛搖頭。他可千萬不要以為她是大胃王啊，雖然她的胃口向來不小，但這種事男生還是不要知道比較好，不然要是男方知道她的胃口後被嚇得卻步了，那她不就慘了？

「我的肚子……其實很飽的。」她很沒氣勢的補充了一句。

楊允程意味深長地看了她一眼，笑了笑說：「嗯，我知道。」

可那眼神，分明就是知道她胃口如黑洞永遠填不滿的眼神啊！

駱以茜又把爆米花桶向楊允程的方向推了推。楊允程說不用，他看電影時並不愛吃東西。這句話讓駱以茜心情樂開了花，她再次把爆米花抱在胸前抓著吃，眼睛盯著大螢幕，很快融入電影劇情裡。

電影開頭有些沉悶，沒什麼打鬥，對話的部分反而比較多。楊允程聚精會神地看著電影，看著看著，眼皮漸漸重了起來。

開演後大約十五分鐘，駱以茜吃光了手上那一大桶爆米花。她正要把最後一顆爆米花塞進嘴裡時，突然想到楊允程好像吃沒幾口。基於對金主的尊重，她覺得應該要禮貌性的問問人家還要不要吃。

但一轉頭，就看見楊允程歪著頭睡著了。

駱以茜楞了楞，看著他沉睡的臉龐，以及胸口有規律的呼吸起伏，笑容慢慢地爬上了她的臉。

連睡著都這麼迷人啊，老闆。

她偷偷把臉湊過去，感覺他的鼻息噴在她的臉頰上，一個人偷偷的心跳加速，暗自開心。

雖然這麼做好像有點變態，不過，反正楊允程不知道，她也不會說，就把它當作是心裡永遠的祕密，她私心收藏，不與人分享。

多美好的一個夜晚！她願此刻的楊允程正做著一個美好的夢，而那夢裡面，最好有她。

放映廳裡燈光一亮起，楊允程就醒過來了。

醒來時，他還有些朦朧，分不清自己身處何地。

直看到眼前散場離席的人群，他才突然想起自己是跟駱以茜出來看電影。

「對不起，我睡著了。」

他誠心誠意地道歉，一抬頭，就撞見駱以茜揚著好看笑容盯著自己。

「沒關係，我媽也是這樣子的。」她不以為意地站了起來，提醒他，「走了喔。」

楊允程還是滿臉抱歉，他不想讓駱以茜以為他肝不好，很容易睡著，於是試著解釋，「我平常不會這樣的，真的！」

駱以茜走在前面，聽見他的話，回過頭來笑了笑，用安慰的語氣輕聲說著，「我明白，真的！『電影秒睡症』嘛，我知道。」

電影秒睡症……那是什麼東西？

楊允程滿臉狐疑，但是他沒再多問，駱以茜也就沒再就此做解釋。他走在她身後，看著她蹦蹦跳跳地走著，梳綁得整整齊齊的馬尾，有規律的隨著她的步伐左右搖晃著，晃著晃著，好像不小心把什麼東西晃進了他的心裡。

這個女孩子為什麼這麼可愛？這麼的吸引他？

尤其是她揚著滿臉笑意，甜膩膩的叫他「老闆」時，那拖得長長的尾音，就像是情侶間的撒嬌。他覺得這個世界上大概除了駱以茜，沒有其他人可以把「老闆」這兩個字叫得這麼動人又好聽了吧！

他好喜歡跟她在一起的感覺。看她蹦蹦跳跳，好像有永遠用不完的精力，看她老是笑嘻嘻，全身上下充滿著正能量……

跟她在一起，他突然感覺自己好像不再那麼孤單了，不再像浮萍一樣飄飄蕩蕩，有一個人讓他的心有了歸屬的方向。

走到電影院大廳時，剛好也有另一間放映廳的觀眾們看完電影散場，兩個廳的人同時往電梯跟手扶梯的方向擠，楊允程看見有人擠進她跟他中間，怕駱以茜被人群沖散，很不紳士地撥開那些陌生人，一把抓住駱以茜的手。

駱以茜被他突如其來的舉動嚇到了，完全沒有心理準備，轉頭看著楊允程時，眼睛睜得很圓很大。

「人太多了，我怕妳被人潮沖散。」

楊允程解釋時，目光也盯著駱以茜看。他小心翼翼地護著她，將她置於身邊，像保護著她不被人群撞到一樣。

看著他細心呵護自己的神態，駱以茜心裡忽然湧出幾分感動。

她於是安靜地走在楊允程身旁，任由他牽著自己的手，心臟亂跳得一塌糊塗，雙腳也有點兒發軟，像踩不到地一樣，但卻感覺這樣子很美好、很幸福。

原來小說裡說的，希望時間能停留在這一刻，是這種感覺啊！

駱以茜在心裡頭喟嘆著，書裡說的果然沒有騙人啊！

一直到走出電影院，楊允程才有點捨不得地放開她的手。

駱以茜很緊張，大氣都不敢喘一聲，沉默地跟著楊允程來到停車場，沉默地坐上楊允程的車子，沉默地看著他打開車上的音響，沉默地看他發動引擎，車子往她家的方向駛去……

明天是週末啊！為什麼楊允程不約她看看夜景，或吃個宵夜什麼的？言情小說跟愛情電影裡不是都這樣安排的嗎？

可是一路上，楊允程都很安靜，沒吭半點聲。

駱以茜一開始的期待，就這麼被沉寂的氣氛磨得所剩無幾了。她有點難過，心裡想著，原來他剛才牽自己的手，真的只是很單純怕她被人潮沖散。他對自己確實沒有半點其他的心思啊！

到駱以茜家外的巷子時，楊允程如同先前那般下車陪她走路回家。

駱以茜的心情還沒平復過來。今晚真是太刺激了，又幸福又難過的感受，確實很衝突，她身在其中，有點不知道該怎麼辦。

到大樓門口時，楊允程說話了，「早點休息吧！晚安。」

駱以茜點點頭，輕聲回應他，「晚安。」

楊允程朝她笑了笑，她也對他笑了笑，兩個人就這麼站在原地傻笑著彼此對看，誰也沒移動。

後來，還是楊允程先開了口，他問：「不上去嗎？」

「要。」駱以茜答應了一聲，退了一步，離大門近了一些，但目光還是盯著楊允程看。

「時間不早了，早點睡，女生的美容覺很重要的。」

「嗯，我知道。」她點點頭，但眼睛還是一瞬也不瞬地望著楊允程。

楊允程又催促她，「快點進去吧。晚了，妳家人會擔心吧？」

駱以茜還是點頭，嘴裡依然說著「再見」、「晚安」，但雙腳卻很誠實的不肯移動。

「嗯……妳餓嗎？」楊允程突然問。

駱以茜看著他，滿臉狐疑。

「我是說，如果妳餓的話，那我們要不要去吃個宵夜還是什麼的？」

「好啊好啊。」駱以茜原本有些委靡的小心靈，瞬間像被注射進什麼精力湯一般，充滿活力。她露出大大的笑容，「我肚子餓了。」

其實她才不餓呢！晚上吃了那麼一大份晚餐，又嗑掉一大桶的爆米花，腸胃都還沒消化完呢！

她只是想要爭取跟他多一點相處的時間而已。

於是駱以茜又蹦蹦跳跳跟著楊允程回到車上，兩人一起去吃宵夜。

楊允程帶她到一間路邊燒烤店，點了幾串雞肉串，還有一些黑輪跟雞心、米血之類的常見燒烤菜色。

「吃辣吧？」雖然知道駱以茜跟他一樣愛吃辣，但他還是禮貌性問了一聲，建議她，「這裡的雞肉串撒上辣粉後超級美味的，妳要不要試試？」

駱以茜當然不願錯過，她用力地點頭，笑嘻嘻應了聲，「好。」

楊允程請燒烤店老闆幫他把餐點做大辣。於是整盤烤雞肉串全都是紅通通的，光看就令人感覺很辣很夠味。

才吃了一口，駱以茜就被辣到眼淚飆出來。她紅著眼，淚光閃閃，嘴巴也張著拚命「哈哈哈」的吐著氣，對著楊允程說：「哎呀，好過癮啊！」

「要幫妳叫飲料嗎？喝果汁好不好？」楊允程見她紅著一張臉，又辣又開心的模樣，有點心疼。這麼辣吃下去，她的胃不知道受不受得了。

「好啊。」駱以茜點頭，「我要喝啤酒，可是你不行。你要開車，所以你喝汽水。」

楊允程被她認真的表情逗笑，順著她說：「好，聽妳的。」

於是他叫來了一瓶啤酒和一罐可樂。

「乾杯！」

駱以茜舉起裝滿啤酒的玻璃杯，與楊允程的可樂碰杯，笑嘻嘻的一口喝乾杯裡的啤酒。

「慢慢喝，沒人跟妳搶啊！」楊允程被她豪邁的喝法嚇到，連忙勸說。

「沒關係的，我酒量很好呢。」駱以茜揚著笑，又拿起酒瓶幫自己斟滿一杯。

喝過酒後她接著又吃了一口辣雞肉捲，再就著辣意喝光第三杯酒。

楊允程阻止無效，只好由著她。幸好吃完宵夜後，他會親自送她回家，至少能確保她的安全無虞，但如果今晚她是跟朋友出來吃飯喝酒，然後一個人坐計程車回家呢？

他不知道她的酒量是不是真如自己吹噓的那樣好？

但是很快的，他就知道駱以茜的酒量其實不太好，呃……不是不太好，是非常的不好！因為一瓶啤酒還沒喝完，她就好像有點醉了。

她雖然不像有些人喝醉酒後大吵大鬧，惹事生非，但卻一直對著自己傻笑個不停，話也變得很多。

求。

「老闆，這款啤酒好好喝喔，我可以再喝一瓶嗎？」駱以茜指著桌上半滿的酒瓶要

「妳這一瓶還沒喝完啊。」楊允程很有耐心地回答，「等妳喝完了，我再幫妳加點一瓶，好嗎？」

駱以茜笑嘻嘻答應了，又指著他的可樂瓶問：「那你幫我倒一杯你的酒好嗎？」

「妳要喝我這個？」楊允程舉起自己的可樂詢問。

駱以茜用力點頭，依舊笑嘻嘻的，「對。」

看看手中的可樂，楊允程心想：讓她喝可樂也好，至少不會更醉。於是順勢倒了一杯可樂給她。

結果駱以茜才接過來喝了一口，馬上就把可樂吐出來，皺著眉抱怨，「這個太甜了，好難喝啊！我要喝冰冰苦苦的啤酒，不是這種甜酒！」

「駱以茜，妳是不是喝醉了？」楊允程看情況不對，忍不住開口問：「要不然，我先送妳回家，好不好？」

「我才沒有醉呢，老闆，人家酒量很好很好的……真的，我沒有醉！」駱以茜頓了頓，又說：「我也不想回家，老闆。人家電影跟小說裡的劇情安排不是都是說……約會看完電影後是宵夜，宵夜完還要去看夜景……所以我們去看夜景好嗎？」

楊允程怎麼樣也沒想到她的酒量竟然這麼差。要是早知道這一點，他是無論如何都不會讓她喝酒的。

才三杯啤酒杯的量啊！她居然就醉了，還敢自誇自己酒量很好！

她約他去看夜景，他當然不肯，喝醉的人不是應該要乖乖回家睡覺才對嗎？帶著她四處趴趴走，只怕會出事。

楊允程沒有在第一時間直接拒絕她。他結完帳，攙著走路已經有些不穩的駱以茜離開燒烤店，取車的路上，他才小心翼翼地想要打商量。「駱以茜，妳真的醉了，要不要回家睡覺休息？我送妳回家，好嗎？」

「不要。」駱以茜拚命搖頭，因為喝酒的關係，臉紅得像顆蘋果，眼神有些迷茫。聽楊允程勸說，她乾脆停下腳步不肯走了，眼睛死死盯著他看。「人家要去看夜景！」

原來這女人平常看起來嘻嘻哈哈的很好相處，可一喝醉了，就固執堅持得不好溝通了。

「但是妳喝醉了。」

「我才沒有醉，你看、看錯了。」

駱以茜倔強地撇撇嘴，不肯承認。

楊允程向來最不會哄女人，遇到這種事，他通常不堅持。但是帶一個喝醉了的人去山上看夜景，真的有點說不過去。因為喝醉酒的人必然沒辦法好好走路，他必須要在旁邊扶著走。但要是扶不好，說不定人家整個人「掛」在自己身上，又不能推開讓她跌個狗吃屎，可是如果不推開，等到駱以茜酒醒了，回憶起這件事，反說肢體接觸太超過，對他有不好的印象該怎麼辦？

楊允程好為難。

但駱以茜不管，她就是想看夜景，她覺得既然小說跟電影都照這樣的情節走，那她也要一樣。

再說了，上一次去看夜景還是大學時候的事。那時是跟甜姊兒幾個女生一起去高雄壽山看夜景，整團人全都是女孩子，幾個人湊在一起嘻嘻哈哈，極盡搞笑之能事的破壞氣氛，時不時突然爆出大笑，還惹來路人的無數枚白眼，完全沒有什麼「夜色深深之夜景迷人」的浪漫情節可言。

長這麼大，她還真沒跟男生出去看過什麼夜景啊！有夠悲哀的。這次一定要跟楊允程去！

而另一邊，楊允程的腦子飛快地轉了轉，還是決定送駱以茜回家比較保險。

「過兩天我們再去看夜景好了。今天看完電影、吃完宵夜，時間確實不早了……」

結果，他話還沒說完，駱以茜已經撲上去，雙手揪著他的領子哭了起來。

「……嗚嗚嗚……老闆，你是不是很討厭我？一定要把我攆走才甘願？我就真的這麼惹人厭嗎？」

駱以西一喝醉，就會瞬間戲劇魂上身，表情動作誇張就算了，就連對白也十分戲劇化。這一點，其實她跟駱老媽完全如出一轍。

楊允程呆了，手足無措地看著在眼前這個突然哭得滿面淚水的駱以茜。她怎麼可以說哭就哭啊？莫非眼裡裝了個儲水槽，隨時要洩洪就可以直接掉淚？

不過就是去看個夜景嘛！有必要哭得像被他拋棄一樣委屈嗎？

幸好他們現在站的位置是路邊一個陰暗的角落，路上來去的車輛若不仔細看，很難發現他們兩個人的存在，要不然照她這樣子的哭法，說不定等等就會有人報案，請警方派員來關切了。

駱以茜哭著哭著，忽然又把臉埋進楊允程的胸口，繼續可憐兮兮地啜泣。

楊允程被她突然的動作搞得心跳加速，手足無措。

他投降了、認輸了，除了不會安慰女孩子，他還特別怕女人的眼淚。

「呃，妳別哭了，我們……我們去看夜景啦！」

他一邊說，一邊慢慢地抬起手，內心掙扎著到底要不要拍拍駱以茜的背，就像電視劇裡男朋友安撫哭泣的女朋友那樣的姿態。

但想了想，他還是頹然放下手來。

「真的嗎？」駱以茜的臉沒有抬起來，依然埋在他的胸前，聲音悶悶地傳出來。

「真的。」

「你是真心的嗎？」

啊，看夜景還需要真心？

唉，不管啦，先回答了再說。

「嗯，真心的。」

「那我們看完夜景順便看日出，好嗎？」

楊允程一驚，直覺反應，「不好吧！不是說了只看夜景？」他擔心她的家人找不到她會著急。

「你果然不是真心的，嗚嗚嗚……」儲水槽又洩洪了。

「真心的、真心的，我是真心的！」楊允程一急，什麼也沒想就急急承諾。

駱以茜這才終於抬起頭來，盯著他看。

楊允程也看回去。

她哭過後的眼睛水汪汪的，顯得分外漆黑明亮。她的手依然抓著他的領口，絲毫沒有想鬆手的跡象。剛才她突然撲向楊允程時，他被她嚇到，往後一退，於是背抵在路旁大樓的外牆上，閃都閃不掉。

現在，駱以茜不動，楊允程也移動不了。

突然，她踮起腳尖，朝他湊過來。楊允程感覺有個軟軟的東西壓在自己的唇上，還夾帶著一陣一陣的酒味……

哇靠！他竟然被壁咚了！

有沒有搞錯！應該是他壁咚女生啊，怎麼會變成女生壁咚他？

幾秒鐘後，駱以茜的唇離開了他的。她鬆開揪住他領口的手，用手背抹了抹自己的唇，笑得一臉無辜，「原來真的是軟的，小說寫的果然沒騙人欸！」

楊允程滿臉黑線。

主動親人家，親完還抹嘴唇是怎樣？試吃的意思嗎？

偷襲人家的嘴唇，居然還發表感言說「軟的，小說寫的果然沒騙人」，又是怎麼回事？他變成她的試用品了嗎？

喝醉的女人果然很可怕，而且膽子無敵大，竟然敢偷襲他！

士可殺，不可辱。男人是不可以這樣任由人擺布的，不然他的自尊要放哪裡？

於是他決定來個大逆襲！

駱以茜抹完嘴唇，發表完感言，又一副沒事人一般地跳著說：「走吧走吧！」

忽然，她感覺自己的手腕被猛地抓住了，一股力道把她用力往後扯，拖進一個溫暖的懷抱裡。

楊允程一隻手抱著她的腰，本來抓住她手腕的手，移到她的後腦勺，托住她的頭。她感受到一股男人的氣息，直直向她襲擊而來，掩蓋住口鼻。

腦袋暈眩了，完全無法思考了……那來勢洶洶的吻，親得她全身發軟。

眼睛是什麼時候閉上的，她不知道，耳朵也彷彿短暫失聰了，只聽見耳膜裡血液流動的聲音。楊允程身上有股令人舒適及安心的淡淡薄荷味，應該是鬍後水的氣味。

漸漸的，楊允程放輕了力量，轉而溫柔，他輕輕地吻著，像一種疼愛珍惜。她感覺自己被捧在他手心上。

就像小說裡說的一樣，時間彷彿真的靜止了。整個世界只剩他跟她的心跳聲，噗通噗通……

駱以茜下意識地舉起自己的手，勾住楊允程的脖子；楊允程攬住她腰部的手加重了力道，把她抱得更緊了。

世界變得更美好了！駱以茜閉著眼，醉意來襲，楊允程的懷抱好溫暖，他的親吻好溫柔，他的手掌好大，摩擦著她臉頰的那手指皮膚粗糙，可是觸碰到她臉上的肌膚時，卻又讓人感覺好舒服……

舒服得令人好想睡。

然後她竟然就真的睡著了……

醒來時，已經天亮了。駱以茜發現自己躺在自己房間的床上。

她完全記不得昨天到底是怎麼回到家的，只記得跟楊允程去看了電影，他送她回家時，兩個人還傻傻站在她家樓下的大門前對看。她死活都不肯乖乖上樓進家門，於是楊允程就帶她去吃宵夜，她還叫了一瓶啤酒……

……等等！她叫了啤酒？

一想到這裡，駱以茜心裡頭一陣兵慌馬亂……唉，死定了！怎麼會想到叫酒來喝？自己可是標準的「三杯醉」啊！這瓶啤酒喝下去，應該沒做出什麼丟臉的事來吧？

記憶一片一片拼湊起來……她想起自己喝了酒後心情放鬆，一直吵著要去看夜景，楊允程不肯，她就哭了……

唉，好丟臉啊！她居然哭了，還是在他面前呢！楊允程那時一定滿臉黑線，頭上烏鴉成群飛過吧？他怎麼不乾脆拋下她，讓她一個人在那裡丟臉就好了呢？當老闆的，遇到這種無理取鬧的員工，果然需要強心臟才能忍人所不能忍吧！

楊允程竟然在這麼無奈的時刻，都沒有丟下她不管，真的好紳士啊！

但緊接著她又想起後面的劇情來……哭完之後，她好像、好像還……壁咚了老闆？

一想到這裡，駱以茜馬上從床上驚跳起來！

不會吧？她的記憶是不是哪裡出問題了？她應該沒那膽子撲倒楊允程吧？他可是男神呢！是可遠觀不可褻玩的那種存在耶，自己的膽子再怎麼大，也不至於有勇氣褻瀆了男神吧？

啊啊啊，一定沒有壁咚這件事！是她記錯了，肯定沒有壁咚這件事！真的真的！

她在腦袋裡努力催眠自己，說服自己相信絕對沒有做出對不起老闆的事……

可是、可是為什麼……她還記得老闆身上有淡淡的薄荷味，還有……他的嘴唇是軟的？

駱以茜尖叫了一聲，撲回床上，把頭埋進枕頭裡，在心裡默唸著，「這一定是我在作惡夢……這不是真的，絕不是真的……沒有壁咚、沒有薄荷味、沒有軟嘴唇……」

心慌意亂，眼淚被逼到了眼角的同時，突然手機響了！

駱以茜像驚弓之鳥，手機一響，她又驚跳了起來，心裡想著，會不會是楊允程打電話來興師問罪了？

萬一真的是他打來的，那她要怎麼應對？

就說……昨天我喝醉了，一切的一切，都是酒精咬斷理智線所犯下的罪行。不管你有任何指控，我一律認罪！你放心，我一定會對你負責的……

心裡快速排練好一套說詞，但她還是沒有接起手機的勇氣。

鈴聲響了一陣子後就安靜了下來，沉默地躺在床頭櫃上。駱以茜終於安心地吐了一口長長的氣……但結果她的這口氣還沒吐完，手機又響了起來。

媳婦再怎麼醜，還是要見公婆的。駱以茜鼓起畢生最大的勇氣，趴在床上，勇敢伸長手，抓起手機後收回來一看，忍不住鬆了一大口氣。

電話是馬小雅打來的！

電話一接通，馬小雅生機勃勃的聲音馬上很有活力地傳過來。

「好啊妳個死丫頭，電話響這麼久不接是怎樣？打算從此不接老娘電話了是不是？也不想想，昨天是誰去把妳帶回家的。妳睡一覺起來就打算恩斷義絕了是不是？」

「昨天……是妳帶我回家的？」

駱以茜很意外！昨天的記憶腳本裡，根本就沒有馬小雅這個角色啊！她是什麼時候冒出來的？

「廢話！除了我，還有誰可以進妳家如入無人之境？」馬小雅得意地回答，說完馬上又換了一種口氣說：「不過妳也真的很誇張耶！昨天到底是喝了幾杯酒啦？居然醉倒在妳老闆的車上。我趕過去時，妳還睡到打呼，真是有夠丟臉的。」

打呼？她打呼？啊啊啊啊……怎麼會這麼丟臉啦？

嗚嗚，她好想死。

「我……真的打呼喔？」駱以茜不敢相信的又追問了一次。

「是啊！打得比雷聲還響，我的臉都被妳丟光了。」

「……」

嗚嗚嗚，誰來一刀砍了她吧！她真的不想活了。

「為什麼昨天妳會來接我？」

對於昨夜後半段的事，她真的完全沒有印象了，需要有人來幫她恢復記憶。既然昨天是馬小雅送她回家的，那馬小雅必定知道了些什麼她不曉得的事，所以雖然明知提問了會被對方酸回來，不過除了馬小雅，駱以茜真不知道自己還能找什麼人來幫她還原記憶了。

總不能找楊允程來幫她回溯記憶吧？萬一她真的壁咚了人家，或是做出什麼更逾矩、更丟臉的事，那她要不要直接在他面前咬舌自盡謝罪？

「妳老闆打給我的啊。」馬小雅三八兮兮的嘻嘻亂笑，「欸，你們兩個那麼晚還在外面遊蕩，是怎樣？有沒有做什麼見不得人的事啊？快說快說，求分享！」

駱以茜馬上心虛的心臟亂跳。

「能做什麼事？不就是看電影、吃宵夜，然後我不小心點了一瓶酒……妳也知道，我就是沒酒量。之後，就是妳看到的那樣了。」

馬小雅一聽，沒勁兒了。

「怎麼妳跟妳老闆說得一模一樣……你們沒套招吧？」

「套什麼招？」

「就像藝人跟藝人約會交往一樣啊，被狗仔偷拍後，兩個人都會先套好招，想好一套說詞。譬如說……我一群人去誰誰誰家幫誰慶生，結果狗仔就只拍到他們兩個人，其他人都被無視了這一類的說法啊。」

「神經！」駱以茜忍不住翻白眼。「我們又不是藝人，也沒被狗仔偷拍到什麼見不得人的畫面，需要套什麼招？」

「說的也是。妳誰啊？八卦資源應浪費在更值得的人身上才對。妳一點娛樂價值也沒有，不要汙辱了狗仔們的智商，他們再怎麼瘋狂，也還是有腦子的。」

明明就是妳在汙辱我的智商吧！

駱以茜心裡一邊想，一邊偷偷地罵了幾句。

「喔，對了。」馬小雅突然像想到什麼似的又說：「明天妳有沒有空？要不要過來試穿一下伴娘禮服？」

明天是星期日，沒意外的話，她是有時間的。

不過剛才被馬小雅酸言酸語了一陣，她馬上抓到了反擊的機會。

「試什麼伴娘禮服？」駱以茜裝傻。

「不是跟妳說了我要結婚，妳要來當我伴娘的事嗎？妳失憶喔？」馬小雅奇怪地問。

「咦，妳前兩天不是才跟我說妳不結婚了，要跟小杜分手？」

馬小雅笑得尷尬，「呃，那個……妳也知道，要結婚前的瑣事很多很雜很亂，然後我脾氣又不好……呵呵呵！」

「呵呵呵……」駱以茜冷笑了幾聲反譏，「我又沒結過婚，怎麼可能『也知道』啊？況且我的脾氣也沒有妳那麼糟，如果以後我要結婚，一定不會像妳這樣，老是用分手來威脅我未來的老公。」

「……」馬小雅頓了幾秒鐘，馬上切換回母老虎的聲音，霸氣地問：「那妳到底明天要不要來試伴娘禮服啦？」

駱以茜是標準的「懼怕惡勢力」代表團團主，被馬小雅一吼，她立刻志氣全無地說：「去去去，幾點？」

「早上十點半。妳不要太早到，時間太早婚紗店還沒開；也不可以太晚，太晚我會肚子餓，我肚子一餓就會整個人大爆炸，明白？」

「明白。」駱以茜像乖孩子一樣的反問，「所以是早上十點半集合？」

「對。」馬小雅又問：「要小杜明天去接妳嗎？」

「不用，我自己坐車過去就好了。」

「好，記得啊。掛了。」

駱以茜還來不及說「拜拜」，馬小雅就急驚風一般的收線了。

星期日早上起床時已經九點四十分了，駱以茜迅速洗漱過後，從餐桌上拿了塊土司，咬在嘴上就準備要出門。

「妳一大早要去哪裡？」

駱老媽難得假日沒出門，直追到大門口，嚷嚷著問。

駱以茜看了一眼電梯停留的樓層，是在十二樓。若要等電梯下來，又要浪費一、兩分鐘的時間，她決定改走樓梯。

「馬小雅叫我去試穿伴娘禮服……不聊了，再聊我就要遲到了。媽，再見，我中午不回來吃午餐了喔，別煮我的。」

她邊說邊三步併作兩步地跑下樓。

「別又喝得醉茫茫回來啊，丟臉！」駱老媽又喊。

「只是去試禮服，不會有機會喝酒的。」

而且妳在樓梯口喊這麼大聲，只怕整棟樓的人都知道妳女兒先前喝得醉茫茫回來，真正丟臉的人是我才對吧！

駱以茜簡直無臉見人了。

幸好到達馬小雅指定婚紗店時，是十點二十五分，沒有遲到。

婚紗店外牆都是透明玻璃，駱以茜沒看到馬小雅，倒是一眼就看到站在接待大廳等待的小杜。

她推門走進去，門上的鈴噹叮噹作響，小杜一回頭看見是她，臉上馬上揚起溫煦的微笑。

「小雅呢？」走近時，駱以茜問。

「在試送客服。」小杜一臉好脾氣的模樣。「她一直想要穿大紅色改良式旗袍當送客服。早上來的時候，正好前兩天從別間店調來幾件紅色旗袍，她先去挑選試穿。」

「你真是辛苦了。小雅的要求真的很多很龜毛，脾氣又不好，還常常對你大吼大叫鬧分手，可是她是真的愛你。結婚後，還請你對她包容一點。」

駱以茜本來要酸一下馬小雅，但話講到後來卻變真心了。

「我知道。」小杜點點頭，理解地說：「本來兩個人在一起，就一定會有一個人比較吃虧。她的性子急，一條腸子通到底，雖然有時候行事沒心沒肺，態度任性，說話也不好聽，但她的心還是很柔軟的。我知道她的性子，其實也就好了，既然決定跟她結婚，就表示未來種種可能發生的一切，我都已經深思熟慮過。脾氣不好的人不見得就沒辦法當好妻子跟母親的角色，我對小雅有絕對的信心。」

駱以茜有些感動，馬小雅真的是遇到對的人了。小杜對她這麼好，未來他們一定可以過得更幸福、更美好。

兩個人又聊了一下，馬小雅就穿著大紅色的旗袍走出來。

馬小雅的身材比例非常好，凹凸有致，穿上這身合身的旗袍後，把她漂亮的身形都襯托出來了，姿態又典雅又高貴。

「怎麼樣？」馬小雅笑容滿面地問。

小杜點點頭說：「好看。」

她瞪了瞪小杜，「除了低胸的那幾件禮服外，你哪一件說不好看的？問你最不準。駱以茜，妳來說，好不好看？」

見小杜被酸，駱以茜馬上識時務者為俊傑地拍起真誠的馬屁來。

「漂亮、高貴、有氣質，超級適合妳的。妳穿旗袍起來為什麼會這麼好看？說胸就是胸，屁股就是屁股，腰就是腰……重點是，為什麼妳的小腹這麼平，都沒有贅肉，到底是怎麼保養的？教教我吧！」

馬小雅露出鄙夷的眼神。

「妳狗腿得太假了。」她昂起頭，用眼角瞄了駱以茜一眼，就像電影裡的高傲公主一樣。不過下一秒又笑得滿臉桃花了，「但是我聽得滿爽的。再多講幾句來聽聽，讓本公主開心開心！」

「沒了，我的文學造詣已用盡。」

馬小雅失望之情溢於言表。

「這樣就沒了？為什麼不多讀點書？」

駱以茜白了她一眼。

後來，馬小雅讓婚紗店的小姐帶她去挑伴娘禮服。駱以茜喜歡一件白色的前短後長的緞面澎澎裙小禮服，她把禮服拿給馬小雅看，馬小雅也覺得好，便催促她快去試穿。

她進去試衣間試穿，婚紗店的小姐陪她進去。小禮服因為先前的客人體型的關係，尺寸放得有點大，得先用夾子把衣服抓緊，將多餘的布料夾起來，調整了一下子，終於把衣服抓合身了。

「這件小禮服風格年輕可愛，妳今天的頭髮沒梳起來，比較襯托不出來它的俏麗感。

要不我先幫妳把頭髮稍微盤起來，好嗎？」

婚紗店的小姐抓著她的頭髮往頭頂上比畫著。

駱以茜也覺得將頭髮盤上去比較可愛，就答應她。

等整裝完畢，把拉簾拉開時，在外頭等著的馬小雅跟小杜看著她的眼睛立刻亮起來。

「哇，好好看。」馬小雅第一個衝上來，扯住駱以茜的手，笑咪咪地稱許，「駱以茜，妳穿這件衣服太漂亮啦！而且髮型也好配，好美。」

小杜也點點頭說：「好看。」

馬小雅抬頭瞪回去。「你除了『好看』這兩個字，還有沒有什麼別的形容詞？」

「超美。」小杜馬上回答。

「可以接受。」馬小雅點點頭，「姑且就饒了你一條小命。」說完，她轉頭又笑著對駱以茜說：「我看我婚禮時，妳就穿這件好了。這件禮服根本就是為妳量身打造的，很適合妳。」

駱以茜也懶得再花時間挑挑選選，反正婚禮的主角又不是她，她只是襯托新娘的綠葉而已。

得到駱以茜的首肯，馬小雅就請一旁的助理過來幫駱以茜量正確的三圍。禮服最後要依照她的三圍下去修改才能合身完美。

剛才幫她夾衣服、盤頭髮的服務人員，同時正幫另一名也在試小禮服的顧客整理衣服、抓尺寸，她請助理回覆，讓他們先等她一下。

馬小雅還有謝卡照片要挑選，駱以茜叫他們先去忙。自己則一個人站在一旁等待。

不過一會兒，試穿小禮服的那個女孩也走了出來。她皮膚白皙，長相清秀，笑起來時臉上有兩個深深的酒窩，一襲白紗小禮服穿在身上更顯得氣質秀麗。

百無聊賴間，她觀察起隔壁的女孩。她並不是一個人來的，陪同她來的還有一對男女。他們三個人嘻嘻哈哈的邊笑邊聊，言談間，駱以茜似乎聽見他們提到「楊允程」這三個字……

她懷疑自己會不會是聽錯了，說不定只是發音像而已……不過，因為那相似的名字，讓她再次想念起楊允程來。

一想到自己星期五晚上壁咚了他，記憶裡還有他身上的味道和嘴唇的柔軟度……哎呀，好害羞！她的臉頰忍不住又泛起一陣灼熱。

這時婚紗店的大門又開了，門上的鈴噹叮噹作響，有人走進來。

「楊允程，這邊這邊！」隔壁試穿禮服的女孩開心地揮著手。

駱以茜轉頭一看，走進來的居然真的是她的老闆。

「你看我穿這樣有沒有很美、很性感、很沉魚落雁？」那女孩拉著裙擺轉了一圈，駱以茜這才看到她的禮服後背居然是整片挖空的。

那女孩的笑聲此刻聽在她耳裡，只覺得刺耳難過。

但對方渾然不覺，只顧著說：「快點稱讚我吧，快點快點！我需要你的稱讚來膨脹我的虛榮心……」

「超美、超性感、超沉魚落雁，妳為什麼可以美成這樣？這世界上還有哪個女孩子可以跟妳比？妳簡直就是性感女神的化身啊！」楊允程一面笑，一面讚美，一面朝那女孩子的方向移動。

駱以茜覺得有點頭昏，看著楊允程一步一步走近的身影，她突然有種想馬上逃開的衝動。

胸口痛痛的，像有什麼東西壓在上面，連呼吸都有些吃力。

她看看隔壁那個女孩臉上幸福洋溢的笑容，又看見楊允程臉上愉快的神情和溫柔的微笑，眼眶迅速濡濕了。

她是誰？跟楊允程是什麼關係？為什麼他們兩個人看起來那麼熟稔？為什麼她會在這裡試禮服？為什麼楊允程會來看她試禮服……好多好多的問題，一個纏著一個，脹滿了她的腦袋，她覺得頭更暈了。

駱以茜知道自己的心裡冒出來的莫名感受裡，有一種叫嫉妒。

那嫉妒的感受如毒蛇，不斷地啃噬著她的心，分化她的理智。

她咬著唇，努力不讓自己崩潰，努力讓自己冷靜鎮定下來，努力告訴自己，楊允程也有交朋友的自由……就算他要結婚了，也不是自己能夠干涉的範圍，因為他並不是她的誰。

然後楊允程看見她……就在她低頭深呼吸，努力不讓自己掉眼淚的時候。

「駱以茜！」楊允程臉上的表情有些震驚，他問：「妳怎麼會在這裡？」

那天中午，駱以茜沒跟馬小雅他們一起去吃午餐，自己一個人坐著車孤孤單單地回家去了。

回到家，老爹跟老媽都不在，餐桌上留了張紙條，說他們跟朋友去唱歌，晚上還要在外頭吃飯，讓她自己準備晚餐。

駱以茜不在意。大家都不在家最好，這樣她就可以不用辛苦掩飾自己的情緒，也不用面對家人關切的眼神，還要裝作自己一點也沒事。

她躲進浴室裡，扭開蓮蓬頭，讓嘩啦啦的水聲帶走自己的哭聲。

剛才在婚紗店裡，楊允程什麼都沒解釋，也沒向她介紹隔壁那個女孩是誰。

他本來就不用向她解釋什麼的……雖然她還是很希望他能跟自己說些什麼，讓她的心情不會那麼難受，但他並沒能如她所願。

猜忌，是人性裡最醜陋的一種心魔。

駱以茜覺得自己變得很醜、很不可愛，一點都不像原來的她。她深惡痛絕這樣的自己。

洗過澡後，她走出浴室，手機正好響起，是駱老媽打來的電話。

「駱以茜，妳吃過午餐了沒？」駱老媽那邊很吵雜，聽起來像在哪間餐廳裡。她還聽到駱老爹在一旁嚷嚷著跟朋友聊天的聲音。

「吃了。」她說謊。

「妳現在在哪裡？」

「在家。」

「這麼快就回家啦？不是說要跟馬小雅一起吃午餐？」

「她下午還有事，我就沒跟她去吃了，反正她還有小杜陪嘛！」

「那妳吃了什麼？」

駱老媽聽出其中的異樣，明察秋毫地追問。

駱以茜腦袋飛快轉了一圈，不急不徐回答，「公車站牌旁的肉燥拌麵。」

「妳不是說過那個不好吃？」

「肚子餓就什麼都好吃了。」

今天駱老媽的問題好多，如果她再繼續發問下去，自己一定會招架不住，所以她只好趕快轉移話題。

「媽，妳在哪間餐廳吃飯？」

駱老媽講了間餐廳的名字，那是他們這群老人家常常聚餐的地方。

「妳要回來時，記得幫我外帶一份螃蟹粉絲煲吧。」

「妳晚上會在家喔？」

「我還有什麼地方可以去？馬小雅現在忙著結婚的事，沒空理我，我一個人孤零零的，當然是待在家啊。」越講越心酸。

「妳怎麼不去找妳老闆出去玩？」

老媽這句話一問出口，駱以茜瞬間楞了一下。

「我跟老闆出去能玩什麼啊？媽，就說他是我老闆兼朋友，聊聊天、吃吃飯是可以的，但不能玩啊。」

駱老媽沉吟了片刻，發表己見，「我為什麼覺得這句話色色的？」

「哪裡色？」駱以茜覺得自己態度很正經，實在不知道哪邊有色到。

駱老媽正要再開口時，駱以茜的手機裡有通電話插撥進來了。

「媽，我有其他電話進來了，先掛了啊。」

不等老媽的回答，她直接掛電話，連號碼都沒看，直接接起插撥的通話。

「駱以茜！」

居然……居然是楊允程的聲音！

駱以茜吃了一驚，一點都不俐落地回應，「……是。」

「妳在哪裡？」

今天是怎麼了，怎麼大家都喜歡問她在哪裡！

「在家。」

「下樓，我在妳家門口。」

駱以茜又再次受到了驚嚇。

她衝到陽台往下看，果然看見楊允程就站在她家樓下。

「我……我……」又驚又喜的情緒，團團包圍住她，她不知道該怎麼說話了。

「快點下來。」

「……好。」她很沒志氣又意志薄弱地答應了。

換了套外出服，慢吞吞地等電梯來，再慢吞吞地下樓，等出現在楊允程面前時，已經是七分鐘後的事了。

「有點慢。」楊允程看了看腕錶後，不帶抱怨語氣的說。

「對不起。」

老舊電梯，你能指望它速度有多快？它只要肯動，就該謝天謝地了。駱以茜暗想。

楊允程的眼睛清澄明亮，他沒有再多說話，只是看著她。駱以茜被看得不知所措。對方不說話，她根本沒辦法猜測他心裡的想法，她低下頭看著自己的鞋尖，躲開他的注視。

下一秒，楊允程已經牽起她的手，拉著她走。

駱以茜被帶著跑，花容失色地開口，「老……老闆，我們去哪裡啊？」

「吃飯，我餓了。」楊允程理所當然的回答，「我猜妳一定也還沒吃，所以來帶妳一起去吃飯。」

她十分無言，很想騙他自己吃飽了，但轉個念頭，又覺得還是不要說謊好了，她也確實有點餓了。

上了車，楊允程沒有問她想吃什麼，卻像交代什麼事情般的說了起來。

「今天在婚紗店的那個女孩子，是我國中時喜歡的一個女孩的死黨，名叫許維婷。我跟她只同校但沒同班過，不過因為國中時喜歡的女孩的關係，所以她也跟我變成好朋友，無話不談的那一種。」

駱以茜不明白他為什麼要跟她說這個，但她沒反問，只是安安靜靜聽楊允程說。

「你還有印象嗎？方才站在許維婷旁邊的，就是我花了很多年時間暗戀的人。她叫周曉霖，月底要結婚了，對象是站在她們身旁的男人。他是我的國中死黨，叫李孟奕。周曉霖跟李孟奕是兩個傻子，半輩子只愛過一個人。花了很長的時間去暗戀彼此，好不容易才在一起，但在一起後又因為某些原因而分開，相隔了幾年，彼此都為對方保持單身狀態，什麼人都不接受。後來他們又重新遇見了，就又在一起……妳說，是不是兩個笨蛋？」

楊允程轉頭看著她，眼睛在笑。

明明就很浪漫啊！哪裡笨蛋了？駱以茜想著。

這才是真愛啊！月老對他們兩個人真特別，那麼早就讓他們遇見彼此，所以他們省略了在人群中花時間尋尋覓覓的過程。在愛情還很懵懂的年紀裡，就確定了彼此在自己生命中重要的定位，才會沒辦法愛上除了彼此之外的任何一個人。

「……我很羨慕他們。」楊允程又說，語氣裡有淡淡的落寞。

駱以茜看著他，感受到他的上揚的嘴角邊有濃得化不開的惆悵。

「剛才許維婷見到妳，看到我跟妳說話時，妳臉上的表情。她告訴我……妳喜歡我。」

「……」

老闆，你要不要這麼直白？你都沒有顧慮到每個女孩子的心裡除了住著一個小女孩之外，還躲著一隻害羞的小白兔嗎？

「我不知道她說的是不是真的，但我聽到她這麼說的時候，除了懷疑，更多的是開心。可是，我不想猜，我想確定，所以我來問問妳。」

楊允程把方向盤轉了半圈，車子滑進一個路邊停車場。他沒有熄火，也沒有移開注視著她的目光，就這麼直楞楞的看著她。

他的眼瞳漆黑深邃，駱以茜被盯得忍不住臉紅心跳。

她不知道該怎麼辦，這是什麼意思？被人喜歡當然是很開心的事呀！要是現在有個人跑出來跟她告白，不管那個人是什麼角色、什麼身分，她一定都很開心啊！但開心後又怎樣呢？開心完又不一定要接受對方的感情，對吧？

所以，楊允程到底是要她說什麼呢？

從她這裡得到確定的答案，然後一個人暗爽？但爽完之後呢？一切又歸於平靜？

如果是這樣，那她幹嘛要承認？

沒辦法在一起的話，她是無論如何都不會告白的。她根本就不會應付這種告白後沒辦法在一起，又要天天碰面的尷尬情況。

駱以茜咬著唇，不說話。

楊允程瞅了她一會兒，終於又開口。

「駱以茜，前天我們吃過宵夜後，妳還……壁咚了我呢！」

她瞬間有種被雷劈到的感覺，嗚嗚嗚……

「不只壁咚，妳還主動親了我，還說我的嘴唇很軟……」

聽著他不停歇的繼續補充，駱以茜越聽越有一股想一頭鑽進地裡，把自己埋起來的衝動，要不要讓她這麼丟臉啊？

「所以，妳那時是在跟我示愛嗎？」楊允程終於說完了，直接問。

「我、我就是喝醉了……」駱以茜的頭已經低到不能再低了。

「人家不是都說酒後吐真言嗎？那妳這個是……酒後示真情？」楊允程說話的語氣裡有笑意：「我可以這麼解讀嗎？」

「我……」

駱以茜已經急得要哭了。老闆平常不是都走暖男型溫文儒雅路線的嗎？怎麼今天突然變了？

「妳是不是沒打算對我負責？」楊允程又問。

駱以茜抬起頭，嘴角在顫抖，「負、負責什……什麼？」

難怪大家都說酒後會誤事，果然是真的！唉，她悔不當初啊。

「看樣子，妳確實是不想對我負責了。」楊允程雙手抱著胸，「好吧！既然妳不想對我負責，那只好由我對妳負責了。」

「啊？」

請原諒她資質駑鈍，但她真的聽不懂哇！

「那天晚上不是只有妳親我，其實後來我也反擊了。」

「反、反擊？」什麼意思？駱以茜睜大眼。

「對。」楊允程點點頭，又問：「妳真的一點印象都沒有？」

駱以茜老實搖頭。她猜想，那時她如果不是醉死了，就是睡死了，所以完全沒有後來的記憶。

「我後來親了妳，不是蜻蜓點水的那種，是真真實實的親吻。」楊允程說的時候，臉頰微微泛紅，臉上熱熱的。「不過，後來妳就睡著了。」

「我被你親到睡著？」駱以茜再度睜大雙眼。

他無奈的點頭，嘆了口氣，「是我的技術不好嗎？」

「呃……不是不是。」駱以茜慌忙搖手，安慰他，「我喝醉了本來就會想睡覺，跟你的……呃，技術，沒有關係。」

「所以……」

「所以？」

然後兩個人不發一語地看著彼此。

看駱以茜那一副傻不隆咚的模樣，最後楊允程再也受不了，只好直接把話講白，「所以，妳要不要給我機會，讓我對妳負責？」

這是……告白嗎？

駱以茜看著他，心跳噗通噗通跳得好活躍，像要撞破胸口跳出來一樣。

楊允程等了半天，見她只傻坐在一邊沒再吐半句話。

不過一會兒，他實在沒耐心了，只好又出聲，「駱以茜……」

「老、老闆，你先不要說話，我、我現在……很緊張……」

確實是很緊張啊！講話的時候還帶著抖音，楊允程被她的情緒感染到，也有點慌了起來。

「好，妳別緊張，我們慢慢說！」

良久後，駱以茜才終於說話了。

「老闆，我……要怎麼辦呢？」

「什麼怎麼辦？」怎麼有種情況不妙的錯覺？

「我還是好……緊張，可是也好……開心，怎麼辦？」駱以茜一說完，雙手就摀著臉，「哇」的一聲哭了。

楊允程被嚇得手足無措。

這女人怎麼說哭就哭？她的眼淚怎麼就這麼多啊？

「欸！那個……妳……」楊允程被她太直接的反應驚嚇得有些語無倫次，不知該如何安慰，「妳別哭呀……」

「老闆，你是不是在跟我告白？」

倒是駱以茜，居然還可以一邊哭，一邊抽抽噎噎地質問。

「都說成這樣了，妳還聽不出來嗎？」

他的話有很難理解嗎？他可是鼓起很大的勇氣，才來向她告白的呢！她千萬不要跟他說她聽不懂啊，他記得自己並沒有用到什麼艱澀難懂的詞彙才對。

「我只是……只是有點難以相信。」駱以茜的聲音從掌心裡傳出來，「我這輩子從來就沒談過戀愛，也沒被自己喜歡的男生告白過，所以……我覺得一切都是假的，太夢幻了，不像真的……老闆，今天不是愚人節吧？你不是玩我的吧？」

看來，她還不相信這是真的。

楊允程解開自己的安全帶，側過身去，抓住駱以茜掩在自己臉上的雙手往下拉。

被楊允程突如其來的碰觸驚嚇到，駱以茜哭得紅腫的一對眼睛睜得大大的。楊允程在她黝黑慧黠的眼瞳裡，看見自己的倒影。

他把駱以茜的手握在自己的左掌心中，右手輕輕地按在她的眼睛上，溫柔的聲線輕輕說著，「閉眼。」

下一秒，他的嘴唇已經覆蓋在她的唇上了。

駱以茜沒料想到楊允程會親吻她。他太突然的舉動先是讓她的身體一僵，隨後他本來握住她雙手的左手掌放開了，滑到她身後，攬住她的腰，覆蓋在她眼睛上的右手掌則順勢從臉頰滑到後腦勺，撐住她的頭，把她推得自己更近一點。

一開始只是溫柔的親吻，等駱以茜的身體不再僵硬，逐漸進入狀況後，他的吻開始熱烈起來。

駱以茜覺得自己快不能呼吸了！

楊允程放開她的時候，兩個人都喘著氣。

氣氛太激烈了，她覺得自己的心臟已經快要跳出來了。

被這麼一吻，駱以茜連哭都忘了，她用手捧著自己的臉，感覺臉頰已經快要燒出火來。

一定很紅啊，她的臉……她想。

楊允程沒說話也沒看她，安靜了片刻，見駱以茜不出聲，才打破沉默。

「怎麼樣？」他問。

什麼怎麼樣？駱以茜無法理解他在問什麼，難道是問她，他的接吻技巧如何？看向楊允程時，他正一瞬也不瞬地盯著她，好像是在等她的答案。

「還、還不賴……」說完，她覺得自己的臉更灼熱了。

楊允程大概是沒想到她會這麼回答，先是楞了楞，隨即瞇著眼笑了，重覆她說的話，「還不賴？」

駱以茜更不好意思的輕輕點了兩下頭，心裡想：哎呀老闆，你一定要問這麼令人尷尬的問題嗎？這是我的初吻（如果喝醉酒那次的偷襲不算的話），我根本就無從比較嘛！你這麼問我，我只好照實以答啊，不然能怎麼辦？

「妳是說，妳覺得我的接吻技巧還不賴？」

駱以茜又羞又嬌的再度點頭。

「很高興妳對我很滿意，不過我還可以更好的，就是欠訓練。」楊允程笑得很賊，「但我剛才問妳的，不是我的技巧問題。」

「啊？」

「妳不是問我今天是不是愚人節？我有沒有在玩弄妳？我這個人雖然有時候會跟人開玩笑不正經，但對女孩子，還是會保持適當程度的禮貌，不是會對女孩隨便的男人。所以這個吻，是不是足以向妳證明我的認真？」

駱以茜傻傻地看著他，楞得說不出話來。

半晌後，她終於開口了。

「所以……老闆，你又跟我告白了一次，是嗎？」

楊允程覺得自己真的被打敗了……

楊允程和駱以茜交往的消息，過沒多久就全公司人人皆知。

本來，駱以茜不想那麼早在同事們面前公開，她不喜歡被側目或談論的感覺。所以她雖然拒絕不了楊允程說要接送她上下班的提議，但堅持不跟他同時間踏進辦公室裡。總是楊允程才把車開進地下室停車場停好，她就逃難式地打開他的車門衝出去，用跑百米的速度從地下二樓爬樓梯到一樓大廳，再跟同事們一起搭電梯上樓。

她這麼做，每次都把被拋在身後的楊允程弄得哭笑不得，覺得自己的女朋友怎麼會這麼可愛。

但相對於駱以茜的遮遮掩掩，楊允程的態度倒是大方多了。

每天只要駱以茜下班的時間一到，他就會從辦公室走出來，移動到她的辦公桌旁，雲淡風輕地倚在她的隔間板上，笑容迷人地說：「走吧，下班了。」

剛開始的前幾天，同事們都很驚訝，總是轉過頭來看著他們兩個人，但礙於楊允程是老闆的身分，眾人也僅止於注視，倒是沒傳開什麼小道消息，讓當事人聽到過。

不過駱以茜想，私下的議論肯定是免不了的。

只是幾天下來，人類的好奇終於會打敗理智，開始有人詢問駱以茜，她跟老闆到底有什麼關係。

一開始，她打死不肯解釋，塘塞著理由說是陪老闆去拜訪客戶。

就連對林雨菲，駱以茜也閉緊雙唇，確實做好保密防諜的工作。

但是，紙終究還是包不住火。而且命運最愛捉弄人，總是會安排這麼一齣你怕什麼，它就來什麼的戲碼。

就在他們兩人交往的第八天，這對陷入熱戀的情人約定好，下班後要一起去逛超市，買些食材回楊允程家煮。

「我也該展現一下抓住男朋友胃的實力了！」

前一天晚上，在送駱以茜回家的途中，兩人討論起隔天要準備的菜色。駱以茜自告奮勇要負責三道菜，把她的畢生絕學一次奉獻，要楊允程好好的期待，絕對不會讓他失望。

「就算妳沒抓住我的胃，但至少妳抓住了我的心啦！」

「哎呀，好噁心。」駱以茜假裝雞皮疙瘩爬滿手地撫著自己的手臂，接著又笑嘻嘻說：「可是我喜歡聽。」

楊允程微笑著看了她一眼，腳底輕踩著剎車，在紅燈燈號前停下車。

他伸出右手，捏住駱以茜的下巴，迅速在她的嘴唇上啄了一下，笑著說：「懲罰妳，誰讓妳說我噁心！」

駱以茜還是不能免疫的又被他惹得一張臉羞得紅通通。

但隔天下班時，楊允程卻臨時起意想吃厚切牛排，於是他來到駱以茜的座位前，也不管全辦公室的人都還沒離開，直接就說：「我們改一道菜好不好？我想吃安格斯牛肉。我知道這附近有間店有賣，等一下順便去買，再回我家煮好嗎？」

駱以茜看著他，表情怪異。

楊允程沒意會過來，繼續說：「牛排我來煎就好，妳不用忙。妳看要吃幾分熟再跟我說就好。」

駱以茜急得臉部表情都要扭曲了，而楊允程卻只是訝異地問她，「妳怎麼了，肚子痛？」

終於，辦公室裡有人發問了。

「老闆，你這樣很偏心喔！為什麼只請駱以茜去你家吃東西，沒有約我們？」

「因為她是我女朋友啊，妳們又不是。」

楊允程很自然地回答，然後整間辦公室突然「轟」的一聲，全部的人都沸騰了。

兩人迅速被同事們包圍，大家都好奇他們到底是什麼時候走在一起的。駱以茜不知道要怎麼回答，求助的看了楊允程一眼。

「就是……我其實也追她追了很久才追到手，所以請大家幫個忙，高抬貴手，不要老纏著她問我們的事。有什麼事就直接來問我，千萬別把我好不容易追到的女朋友給嚇跑了。」

老闆難得用這麼低姿態的語氣說話，一干女同事們當然全都賣他面子，連平日跟駱以茜沒什麼交集的同事們，也都抱持著「老闆的女朋友就是我女朋友」的心態來對待她，讓她感受到前所未有的和善。

公司裡的氣氛和樂融融，一片美好。

而那天晚上因為塞車，回到楊允程家時已經八點了。駱以茜早已餓得前胸貼後背。一走進楊允程家，她立刻熟門熟路的衝進廚房，從櫥櫃裡挖出一碗泡麵，直接泡熱水等著吃。

「不是說要抓住我的胃？怎麼反而是妳被我家的泡麵先抓住胃了？」

楊允程提著兩袋從超市掃回來準備要煮的晚餐走到廚房，看到駱以茜一隻手拿筷子，一隻手拿湯匙，趴在餐桌前等泡麵熟，忍不住啼笑皆非地問。

「我都快餓死了，哪還有力氣煮飯？先欠著，等我明天下班再來收伏你的胃啊，乖。」

她一邊找藉口，一邊偷偷掀開泡麵的蓋子，看麵熟了沒？發現沒熟，只好不情不願地把蓋子重新蓋回去。

楊允程也不跟她計較，打開雙門冰箱，把買來的食材分門別類放好，也從櫥櫃裡找出一碗泡麵，沖了熱水等麵熟。

於是兩人就這樣面對面的坐著吃泡麵，即使沒多交談，卻還是能感受到彼此眼神裡的快樂與美好。

幸福，有時候就是這麼簡單的事。

吃過泡麵晚餐，駱以茜和楊允程肩靠著肩坐在客廳看洋片。正好今晚的電影台正在播放鬼片，駱以茜想看，但她又很怕鬼，所以死命抓住楊允程的手臂，要他陪看。

楊允程被強迫當個陪女友看鬼片的乖男友，但他沒告訴她，其實他比她還要怕鬼，但為了不讓女朋友看不起，也只好忍耐了。

結果鬼片才看到一半，他就覺得自己快要耳聾了。駱以茜尖叫起來的分貝超高超嚇人，好幾次她還被影片裡突然跳出來的鬼給嚇哭了，把頭埋進楊允程的胸口又哭又叫說不要看了，要立刻轉台。

但真的轉台了，她又會馬上把頭從他胸口抬起來，搶走遙控器，再將頻道切回去，繼續被鬼片嚇得尖叫掉眼淚……

楊允程覺得，女人真的很麻煩，卻又麻煩得好可愛。

而駱以茜，應該就是全世界最可愛的那一個，他想。

馬小雅的結婚日跟周曉霖的結婚日只相差一天，一個在週六，一個在週日。

星期六，駱以茜沒有帶楊允程去參加馬小雅的婚禮，因為她那天當伴娘，整天都很忙，沒辦法陪伴在楊允程身邊。她怕冷落了他，所以乾脆不找他。

想不到在馬小雅的婚宴上，她還是看到楊允程了。

他坐在女方的親友桌裡跟同桌的人說說笑笑，一副交情熱絡的模樣。

當駱以茜陪馬小雅和小杜，以及雙方父母過去敬酒時，在看到他的那一瞬間，她還以為自己是不是因為太思念楊允程所以眼花。

馬小雅的父親看到楊允程，很開心的跟他握手，說他是公司裡的重要生意往來對象，因為有他下的大筆訂單，才能年年營收獲利。今天他肯撥空賞光，真是莫大榮幸！

駱以茜從來不知道馬小雅的父親這麼會說話。往常他給她的印象，就是一個忠厚老實的生意人，是世界上最疼愛馬小雅的好爸爸。

馬小雅不知道楊允程跟父親有生意上的往來，轉頭看了看駱以茜。駱以茜也對她聳聳肩，大意是：妳別問我，我也是今天才知道的呀！

這一桌坐的，全是與馬小雅父親有業務往來的商業夥伴，彼此之間也都有些認識，甚至有業務來往的。馬爸幫著他們互相介紹認識，讓馬小雅跟小杜一口一個「王伯伯」、「李叔叔」的叫下去。

輪到楊允程時，馬小雅的父親談笑風生、從容不迫地說：「叫楊哥哥！」

駱以茜一聽，頓時不客氣的噗哧一聲笑了出來。

駱以茜一笑，馬小雅也忍不住了笑了，不由得令她父親一臉疑惑。

「爸，我叫不出來。」馬小雅邊笑邊說。

「怎麼那麼沒禮貌？」馬爸瞪了自家女兒一眼，「好歹人家楊先生也虛長妳幾歲，叫聲『哥哥』有什麼好喊不出口的？」

「叫我好朋友的男友為哥哥，感覺滿噁心的。」

馬爸一臉疑惑。「誰的男朋友？」

楊允程在一旁看著笑著，終於出聲，「馬董，我是令嬡好友駱以茜的男朋友。」

「啊！小茜啊……」

馬爸爸頓悟，笑咪咪地看著駱以茜，又看看楊允程。

「楊先生真是好眼光，小茜也算是我從她高中時看到大的，是個好女孩。好好好，你們能在一起，真是好。」

這下，駱以茜突然變成大家談論注目的焦點，一時之間有點不知所措。馬爸又誇了她幾句，楊允程就一直「謝謝謝謝」的道謝著，也不知道是在謝什麼。明明被誇讚的人是她，但道謝的人卻是他，這是一種「與有榮焉」的概念嗎？

甚至，她還聽到一旁有人在說「恭喜楊先生啊，恭喜恭喜」。

幹嘛要恭喜他？

不過就是不小心交了個女朋友，順利擺脫單身王老五的生活，這樣也要恭喜嗎？要不要再搞得盛大一點，來個十二響禮炮大肆祝賀一番？

更誇張的是，居然還有人直接找她敬酒，還說了一些祝福的話，什麼天作之合啊、白頭偕老啊、百年好合啊等等……一堆陳腔濫調的祝賀詞，全都往她頭上砸。

她好尷尬！今天的結婚的人根本就不是她呀！

駱以茜幾乎是紅著臉逃離那一桌的。

「妳都快變成主角了耶。」移往下一桌敬酒的途中，馬小雅跟她咬耳朵，取笑她一番。

駱以茜白了她一眼。她也很不願意好嗎？誰知道她男朋友在這個圈子裡這麼吃得開，平白造成自己的困擾。

婚宴結束後，楊允程送駱以茜回家。

一上車，楊允程先幫已經累到說不出話來的駱以茜繫好安全帶，再順勢捏住她的下巴，送上香吻一枚。

「今晚看妳整場跑來跑去，我卻牽不到妳的手，心情都鬱悶死了。」

車子發動後，楊允程眼睛看著眼前的路況，淡淡地說。

駱以茜心裡甜甜的。

啊！男朋友在跟她撒嬌呢。

她把自己的手鑽進他放在排檔桿的左手掌心，笑嘻嘻地說：「現在讓你牽個夠。」

楊允程緊緊握了握她的手，大大的手掌包覆在她小小的手上，溫暖蔓延進心裡。

駱以茜覺得自己這輩子做得最對的一件事，就是認識楊允程，愛上楊允程。

在這個世界上，除了老爸，最愛她的人一定是楊允程。

她覺得好幸福。

隔天晚上，換楊允程帶她去參加李孟奕跟周曉霖的婚禮。

一走到婚宴現場，才在門口，他們就看到許維婷像隻花蝴蝶一樣，在迎賓門前奔來跑去，笑盈盈的四處招呼賓客，弄得好像是她要結婚一樣。

「喂，妳今天扮演的角色不是伴娘嗎？」

楊允程牽著駱以茜的手走過去，在許維婷面前皺著眉問。

「哎呀，你來啦！」

許維婷一見到他，臉上的笑容更甜美了。她在他面前轉了一圈，穿的已經不是上回駱以茜在婚紗店時看她試穿的那件背部挖空的白禮服。

只見許維婷笑盈盈地問：「你看我今天美不美？」

「又不是新娘子，妳怎麼打扮不重要啦！」楊允程不想廢話。

「唉，算了，我根本就是在對牛彈琴，沒意思。」許維婷撇撇嘴，瞪了他一眼，然後發現站在他身邊的駱以茜。

她馬上眼睛一亮，指著駱以茜笑了。

「妳就是楊允程的女朋友，對不對？叫什麼……駱……」許維婷伸手拍了楊允程的手臂一下，問道：「叫駱什麼？」

「駱以茜。」楊允程沒好氣地回答，「妳可不可以不要對我動手動腳？」

「不可以！我們的友情就是建立在動手動腳上的。不動手動腳，我跟你根本就不算認識。『不打不相識』這句話沒聽過？」

許維婷瞪著他，他也不甘示弱地瞪回去。

「動手動腳跟不打不相識完全沒有任何相關聯吧？」

「我說有就是有。」許維婷霸道地說：「你最好不要跟女人爭，很吃虧的。」

楊允程只好乖乖閉嘴了。

的確很吃虧啊，他領教過。

許維婷把目光移到駱以茜身上，馬上又換了一副嘴臉，笑容可掬地說：「跟這個人在一起，妳很辛苦吧？」

辛苦？不會啊。

駱以茜搖搖頭，真誠地笑答，「不會。」

「他是個個性固執、想法偏激又難相處的老頭。重點是，他全身上下只剩銅臭味，一點浪漫細胞都沒有，對吧？」

沒有浪漫細胞？不會啊，他挺浪漫的呀！每天早上來接她上班一定會先來個早安吻，晚上送她回家會來個晚安吻，在通訊軟體的對話紀錄裡，充滿著他說「愛妳」、「想妳」這一類噁心到不行的情話，根本就是不浪漫會死的人啊。

駱以茜又搖頭，依然笑著回答，「不會。」

許維婷露出狐疑的眼神，問：「我們現在說的是同一個人嗎？妳男朋友真的叫楊允程嗎？是我認識的那個楊允程嗎？」

駱以茜笑了。

許維婷轉頭過去看楊允程，好奇問他，「喂，你不會是要跟我說愛情真偉大，你已經成功脫胎換骨變成一個新新好男人，還天天上演溫馨接送情、時時刻刻說出『我愛你』、買早餐陪吃午餐兼煮晚餐吧？」

楊允程正要開口回答，她卻馬上張開手掌阻止他說話，嘴裡嚷著，「不！你不要回答，不要告訴我這是真的，我會崩潰……」

楊允程真的不想再跟她多說什麼話了，他牽著駱以茜的手嘆氣。

「妳相信我，我的好朋友不是每個人都像她一樣這麼白癡的。她是其中比較特別的一個，妳可以直接跳過忽略她沒關係。」

說完，他就拉著駱以茜繞過許維婷，直接走進去找位置坐了。

從楊允程的口中，駱以茜知道他曾經深愛過今天婚禮上的女主角，所以跟著他來參加這位「前情敵」的婚宴，她的心情也有些複雜。

他們坐在男方的同學桌裡。楊允程說，今天的男主角跟他也曾經是「情敵」。

一坐下來，同桌的幾個人就熱情的跟楊允程打招呼。楊允程向他們介紹過駱以茜後，幾個大男生就開朗地聊起來。其中有一個人說，以前國中混在一起的幾個死黨裡面，就屬楊允程功課最不好，但偏又是他事業最有成。

「你還記不記得，有一年我們在比較誰的數學成績爛，那時你還很得意的說自己考了四十九分，是滿正常的分數……你記得這件事嗎？」

有個同學突然提起往事，每個人臉上都露出懷念的笑容。

「記得啊。」楊允程點頭笑著說：「那次我好像還說過周曉霖是怪物，考了九十三分是怎麼回事，對吧？」

「對對對。」另一個男孩拚命點頭，「李孟奕那一次也滿變態的，考了八十幾分的樣子，我好像才三十六分，那時聽到李孟奕的分數，心裡還不好意思了一下，想說大家都是混在一起玩的，為什麼我的分數顛倒過來還沒有比他多。不過現在想想，以前雖然很廢，不過很快樂。」

「我還記得那時候楊允程最喜歡講周曉霖的壞話，每次都把她批評得一文不值，想不到……這麼一文不值的周曉霖居然要嫁給我們老大了啊！以後看到她，全部都要尊敬地喊她一聲『大嫂』了。」

幾個男生說說笑笑，好像又回到了學生時代，有講不完的話，吐不完的槽，互相扯對方的後腿，再一起哄堂大笑。

即使是三十幾歲的大男生，他們的身體裡，還是住著十五歲的靈魂。

幼稚、瘋狂、白癡、熱血、自大、講義氣……

就算平常隱藏得很好，可一旦遇到了學生時期的玩伴，那個十五歲的自己就會忍不住跑出來，講著一些瘋狂又白目的話，開著無聊又幼稚的玩笑，他們就像瞬間回到十五歲時的無憂歲月一樣。

一群人又聊到許維婷，說國中時最常看到她抱著顆籃球像個男生一樣在球場上衝鋒陷陣，整座籃球場上全都是男生，就她一個女孩子。但她也不怕，打起球來甚至比男生還狠。想不到當初那麼男人婆的人，現在居然變得這麼有女人味了，還真是差點就認不出來，變化也太大了。

然後有人老實招認，說其實國中時曾經暗戀過許維婷。

其他人「嘩」的一聲，眼神都曖昧起來了。

接著又有人承認了，說自己也喜歡過她。

眾人又「哇」的一聲，笑容更曖昧了。

第三個才開口說：「其實……」

「你也暗戀過許維婷？」有人幫他接下去。

對方搖搖頭，說：「是大嫂……」

大家開始笑他，說幸好他當初沒寫情書告白，不然下場肯定跟楊允程一樣，出師未捷身先死。

當初，楊允程曾經為了被撕毀情書，對周曉霖氣憤難平，不過事過境遷，現在再回想起來，只覺得當年的自己實在是太幼稚，為了這麼一件小事耿耿於懷那麼久。

聊著聊著，一個甜美的聲音打斷了他們的聊天。

「楊大哥，你也來了？」

長相俏麗的女孩子走到眾人面前，身旁站著一名高大帥氣的男生，兩個人看起來郎才女貌，很登對。

「李孟芯，妳什麼時候變這麼漂亮了？」楊允程也不等她回答，就對其他同學介紹，「這個是李孟奕他妹啊，你們都沒見過吧？」說完又轉頭向著李孟芯，笑著作弄她，「來，叫『歐爸』，一個一個叫喔。」

李孟芯白了楊允程一眼，威脅他，「等一下我跟我哥說，你就完了。」

楊允程注意到站在她身旁那名又高又瘦又帥氣的男孩，開口問：「妳男朋友？」

李孟芯點點頭，滿臉得意，「怎麼樣，很帥吧？他叫聶成硯，名字跟人一樣帥，是不是？」

「妳眼光不錯嘛。」

楊允程的稱讚讓李孟芯開心極了，緊緊攬著男朋友的手，仰頭對著他笑。

「不過，你的眼睛就要去檢查一下了。」

但他回馬就是一槍，這句是對著聶成硯說的。

李孟芯的臉瞬間垮下來。

「聶成硯，我跟你說，我哥有一群狐群狗黨的壞朋友，我們碰到時可以假裝不認識，直接路過就好。那群狐群狗黨裡有個人的名字叫作楊允程，你一定要忘了今天你有見過他、聽他說過話，不要在你的記憶裡留下什麼汙點。」

說完，她又白了楊允程幾眼，然後拉著憨笑的聶成硯離開了。

他們一走，幾個老同學又開始吐槽楊允程，說他嘴真賤，連李孟芯這麼可愛的小姑娘也不放過，硬要把人家弄生氣，實在罪過。

「她是天使的臉孔，魔鬼的心靈，你們不要被她騙了。」楊允程煞有介事的認真回答。

沒多久，婚宴開始了，駱以茜終於見到她的「前情敵」。

她本來想，可以讓楊允程喜歡那麼久的女孩子，應該是美豔不可方物，萬中取一的女孩，結果一見才知道，原來她也是清清秀秀，小家碧玉型的女孩子。

這種女孩看似沒有侵略性，但一旦相處過後，長此以往，卻很有可能會讓人念念不忘。

婚宴簡單而隆重，溫馨又感人，駱以茜跟男女方的人全都不認識，卻還是被幸福的氣氛給感染，掉了幾滴眼淚。

楊允程細心地發現了，摸摸她的頭，偷偷用手指幫她抹掉眼淚，又在她耳邊悄聲的笑她，「愛哭鬼。」

李孟奕跟周曉霖過來敬酒時，他笑嘻嘻的拍著李孟奕的肩膀說：「終於啊，兄弟。」

李孟奕聽懂他話裡的意思，也拍拍他的肩膀，回答，「下次換你了。」然後看了駱以茜一眼，又說：「眼光不錯啊！跟我一樣讚。」

硬是要再吹捧自己一下。

楊允程端著杯子跟周曉霖碰杯，臉上還是笑容不減，「要是這個兔崽子欺負妳，妳一定要跟我說，好歹我們也曾經『姊妹一場』過，對吧？我一定會保護妳的。」

周曉霖笑得很甜。

她也朝駱以茜笑著，大方地說：「楊允程是個好人，很貼心也很細心，妳要好好珍惜。」

「像這種讚揚我的話，妳是不是應該拿著麥克風說，讓全場的人都聽到才對？講這樣小聲，我會覺得妳很沒誠意耶。」

楊允程毫不客氣地發表意見，四周的同學們全都很有默契的齊齊發出了嘔吐聲。

婚禮結束後，回程的路上，駱以茜坐在楊允程的車子裡沉默不出聲，心情很好。

楊允程見她一路不發一語，以為她累，要她先閉眼休息一下，等到她家時，他會叫她起來。

「我不累。」

「喔，那為什麼不像平常那樣吱吱喳喳地說話？」

「因為不想說話。」

他一楞。「心情不好？」

「心情很好，但不想說話。」

「這樣我會擔心耶。」

「為什麼？」

「因為我會擔心妳是不是在想著別的男人，所以心情很好，又因為不想理我，所以才不說話。」

駱以茜忍不住笑了。

見她笑了，楊允程也跟著笑。

「完了，我覺得我好像有點慘了。」楊允程說。

「怎麼了？」駱以茜聽他這麼說，不由得緊張起來。

「我怎麼好像很容易被妳的情緒影響了？好像看到妳笑，我就會跟著笑；看到妳難過，我就會想要怎麼辦讓妳不難過；看著妳哭，我就會想抱妳，逗妳不要哭……妳說，我這病是不是很嚴重，找不到藥醫了？」

駱以茜一聽又笑了。

「以前我如果聽到人家這麼說，我會覺得那個人真是個神經病。情緒哪有那麼容易就被影響的，一定是ＥＱ不高的人才會這樣。可是跟妳在一起後，我發現，原來我的ＥＱ也不怎麼高啊！真令人沮喪。」

「那怎麼辦？」

「沒怎麼辦啊。」楊允程一派輕鬆地聳聳肩，笑了笑，「後來我去查證的結果，發現只要是戀愛中的人，都會染上這種病，很正常的。只是後來有的人會痊癒，有的人不會。」

「那你呢？」駱以茜假裝擔心的樣子。

「我應該是好不了了。」

他一說完，駱以茜又笑了。

「如果我真的好不起來，妳可以答應我，一輩子對我負責嗎？」

楊允程露出可憐兮兮的表情。

「可不可以給我點時間考慮？」

「不可以。」

楊允程迅速拒絕，這時前方的號誌燈正好轉紅，車子停在白線前。

他側過身，右手伸過去捏住駱以茜的下巴，重重在她的嘴唇上印下一個吻，霸道又溫柔。

「不可以拒絕，妳一定要對我負責！只能對我負責！聽到了沒？」

總裁氣魄一上身，駱以茜馬上聽話地點頭。

不知道楊允程從哪裡變出一只深藍色的小盒子，打開來，從裡面拿出一枚鑲著鑽戒的戒指，直接就抓起駱以茜的手套進去。

居然剛剛好！他什麼時候量過她的戒圍了？

「願不願意？」他問。

「……」

駱以茜覺得自己真的頭暈了，他們交往還不到一個月耶，他竟然就拿戒指來套她，還問她願不願意！

他們連彼此的父母都還沒見過呢！這麼魯莽地決定私訂終生，實在不像是個叱吒商場的大老闆會做的事啊。

「楊允程，我們……我們還……」駱以茜咬著唇囁嚅著說。

他這時伸過手來，摸摸她的頭，聲音裡有笑意。

「以後妳每讓我生氣一次，我就拿一枚戒指套妳的手，等妳十根手指頭都套滿我送的戒指後，妳就得嫁給我，聽懂沒？」

哇，有這麼好康的事？那以後就天天惹他生氣，她就天天收鑽戒等著變富婆好了。

「別打歪主意啊！我也不是那麼容易被激怒的。」楊允程看穿她的心思。

駱以茜美夢落空地嘆了一口氣。

「下個月帶妳去見我父母吧。」他又說。

「啊！」這麼快？

「別擔心，我爸媽都是鄉下人。我爸是公務人員，我媽是家庭主婦，都是老實人，妳去我家不會被他們吃掉的。」

好吧！既然有跟他交往的勇氣，當然就不能沒有去見家長的決心。

見她點頭，楊允程又說了。

「見完我父母後，隔一個星期，我就去妳家見妳父母。」

駱以西又被震住了！有這麼猴急嗎？她都還沒做好心理準備呢。

「有了雙方父母的認同，我們就能更心安理得的在一起了，對不對？」

……為什麼她會有種掉進陷阱裡的感覺？

「妳看，妳同學跟我情敵都結婚了，如果我們交往得順利的話，要不要一年後，我們也來結婚？」

這是一種……趕流行的概念嗎？

「楊先生，你不會覺得你有點趕進度嗎？談戀愛又不是在趕出貨速度，你可以不要瞬間大老闆上身嗎？」

駱以茜覺得自己如果再不主動反擊，可能會馬上就被他一口吃掉。不行！她一定要拿出女人的氣魄來。

伸出手，她比了個ＯＫ的手勢。

「妳答應了？」楊允程喜出望外。

「不是！這是『三』的意思，一二三的三。」駱以茜比著手指說：「三年，我們必須交往滿三年才能結婚。三年後，我剛好二十九歲，那時結婚正好。」

「但如果有特殊狀況呢？」楊允程不死心舉手提問。

「有特殊狀況到時再議。」

於是他的腦袋開始努力運轉，想著有什麼特殊狀況能讓駱以茜改變主意，不用一定要交往滿三年才結婚。他實在很想跟眼前這個女人分分秒秒都在一起。

然後，他想到了一個……

但他臉上才剛露出得意笑容，奸計馬上就被駱以茜識破。

「我不會在這三年裡懷孕的，你放心。」她笑得比他更得意，「我會獻花獻果，就是不會獻身，這一點你可以大大放心。」

楊允程原本信心滿滿的氣勢瞬間沒了。

回到駱以茜家樓下的時候，他還在為著計畫落空的事難過。駱以茜當然看得出來。趁他沒注意時，她踮起腳尖，在他的嘴唇上親了一下。

「我剛才忘了說，我還會獻吻！」她笑嘻嘻的。

楊允程看她笑得心無城府，也跟著笑起來。

他心想，算了，以後就常常找機會跟她求婚吧！女人不是都對浪漫的情節最無法抗拒嗎？等到求到她煩了，求到她昏了，她自然就會嫁給自己了，對吧？

反正來日方長，她早晚會被他收伏的，一定。

【全文完】

永遠，總在凝眸的瞬間

比起「虐心文」，你們會不會更喜歡讀「歡樂文」呢？

最近的我特別喜歡閱讀歡樂無比的「甜文」。興許是心態轉變的緣故，或者是不想老是被故事影響得哭哭啼啼的，總之，曾經讓我無法抗拒的「虐心文」，不知從什麼時候開始，被浪漫輕鬆的「甜文」所取代。

這一本書，我仍用輕鬆的筆法去寫。而主角楊允程，看過我之前《擦肩而過，你和我的愛情》和《驀然回首，你依然在》的讀者們，想必對他不陌生。在那兩本書裡，他扮演了一個「苦情男二」的角色，一直在暗戀，一直沒結果……本來我還打算賜死他，讓他的人生悲慘到最高境界，不過本人一時佛心來著，給他留了一條小命，否則現在也不會輪到他當男主角了。

其實一開始我的設定是：女主角是一個沒煩惱、充滿正面能量，成天嘻嘻哈哈過日子，卻又渴望擁有愛情的女孩；而男主角——也就是楊允程——是一個看起來冷漠、不苟言笑，員工看到他就像見到鬼的嚴苛上司。

但是寫著寫著，不知道為什麼，冷酷無情又凶狠的大老闆，居然讓我寫成一個對員工溫柔體貼，出手闊綽的暖男型 Boss。

我也知道這年頭壞壞的男人比較受歡迎，而暖男通常都被拿來當「備胎」。可我就是沒有辦法把楊允程寫成受歡迎的壞男人。因為在之前的兩本書裡，他對周曉霖可是極盡體貼溫柔，比新好男人還要新好男人，一時之間形象很難改變，我也只能讓他繼續以暖男的形象出現。

也許因為這是一個溫暖、甜蜜又輕鬆的故事，所以寫完後，我還有些意猶未盡。之前的作品，通常我都是一開稿，就整個人直往前衝地寫下去，寫完後立刻交稿，不回頭順稿。不過寫完楊允程的故事後，我竟然因為覺得故事結束得太快，有些捨不得讓它「全劇終」，還回頭把故事重讀了一遍。一邊讀，一邊傻笑，一邊想……

不知道你們是不是也喜歡這樣的故事呢？

我很喜歡。也請大家一起好好享受它吧！

Sunry

國家圖書館出版品預行編目資料

在你眼裡我看見的永遠／Sunry 著. -- 初版. -- 臺北市：商周，
城邦文化出版：家庭傳媒城邦分公司發行，105.09
面： 公分. --（網路小說；263）
ISBN 978-986-477-099-1（平裝）

857.7 105016431

在你眼裡我看見的永遠

作　　者／Sunry
企畫選書人／陳思帆
責任編輯／陳名珉

版　　權／翁靜如
行銷業務／李衍逸、黃崇華
總 編 輯／楊如玉
總 經 理／彭之琬
發 行 人／何飛鵬
法律顧問／台英國際商務法律事務所　羅明通律師
出　　版／商周出版
城邦文化事業股份有限公司
台北市民生東路二段 141 號 9 樓
電話：(02) 25007008　傳真：(02) 25007759
Blog：http://bwp25007008.pixnet.net/blog
E-mail：bwp.service@cite.com.tw
發　　行／英屬蓋曼群島商家庭傳媒股份有限公司城邦分公司
台北市民生東路二段 141 號 2 樓
書虫客服服務專線：(02) 25007718、(02) 25007719
服務時間：週一至週五上午09:30-12:00；下午13:30-17:00
24 小時傳真專線：(02) 25001990、(02) 25001991
劃撥帳號：19863813；戶名：書虫股份有限公司
讀者服務信箱：service@readingclub.com.tw
城邦讀書花園：www.cite.com.tw
香港發行所／城邦（香港）出版集團有限公司
香港灣仔駱克道193號東超商業中心1樓
E-mail：hkcite@biznetvigator.com
電話：(852)25086231　傳真：(852) 25789337
馬新發行所／城邦（馬新）出版集團【Cité (M) Sdn. Bhd.】
41, Jalan Radin Anum, Bandar Baru Sri Petaling,
57000 Kuala Lumpur, Malaysia.
Tel: (603) 90578822　Fax:(603) 90576622
email:cite@cite.com.my

封面設計／黃聖文
版型設計／鍾瑩芳
排　　版／新鑫電腦排版工作室
印　　刷／高典印刷有限公司
總 經 銷／聯合發行股份有限公司
電話：(02) 2917-8022　傳真：(02) 2911-0053
客服專線：0800-055-365
地址：新北市231新店區寶橋路235巷6弄6號2樓

■ 2016（民105）9月8日初版
定價200元

Printed in Taiwan
城邦讀書花園
www.cite.com.tw

 ISBN 978-986-477-099-1

商周出版

廣　告　回　函
北區郵政管理登記證
台北廣字第000791號
郵資已付，免貼郵票

104台北市民生東路二段141號2樓

英屬蓋曼群島商家庭傳媒股份有限公司　城邦分公司

請沿虛線對摺，謝謝！

商周出版

書號：BX4263　**書名：**在你眼裡我看見的永遠　**編碼：**

請於此處用膠水黏貼

商周出版

讀者回函卡

感謝您購買我們出版的書籍！請費心填寫此回函卡，我們將不定期寄上城邦集團最新的出版訊息。

不定期好禮相贈！
立即加入：商周出版
Facebook 粉絲團

姓名：______________________ 性別：□男 □女

生日：西元__________年__________月__________日

地址：______________________

聯絡電話：__________________ 傳真：__________________

E-mail ：

學歷：□ 1. 小學 □ 2. 國中 □ 3. 高中 □ 4. 大學 □ 5. 研究所以上

職業：□ 1. 學生 □ 2. 軍公教 □ 3. 服務 □ 4. 金融 □ 5. 製造 □ 6. 資訊

□ 7. 傳播 □ 8. 自由業 □ 9. 農漁牧 □ 10. 家管 □ 11. 退休

□ 12. 其他______________________

您從何種方式得知本書消息？

□ 1. 書店 □ 2. 網路 □ 3. 報紙 □ 4. 雜誌 □ 5. 廣播 □ 6. 電視

□ 7. 親友推薦 □ 8. 其他______________________

您通常以何種方式購書？

□ 1. 書店 □ 2. 網路 □ 3. 傳真訂購 □ 4. 郵局劃撥 □ 5. 其他______

您喜歡閱讀那些類別的書籍？

□ 1. 財經商業 □ 2. 自然科學 □ 3. 歷史 □ 4. 法律 □ 5. 文學

□ 6. 休閒旅遊 □ 7. 小說 □ 8. 人物傳記 □ 9. 生活、勵志 □ 10. 其他

對我們的建議：______________________

____

____

請於此處用膠水黏貼